愛しい番《つがい》の囲い方。

～半端者の僕は最強の竜に愛されているようです～

登場人物紹介

アスティア

強大な力を持つ空竜。
これまでずっと自身の番《つがい》を
捜し求めていた。

ティティ

半端者と呼ばれ
冷遇されている青年。
虐げられ続けたせいで内向的だが、
芯はとても強い。

アデル
ティティに唯一
優しく接して
いた狐獣人。
彼の本当の
立場は——

ルゼンダ
アスティアの従者で
ワイバーンの
魔獣人。
口は悪いが社交的。

アスダイト
国王
アスダイト国を
治める
バッファローの
獣人。

プラシノス
土を司る
竜である土竜《つちりゅう》。
何やらアデルと
関わりがある
ようで……

第一章

その出会いは夕暮れ時のことだった。

僕が少ない荷物を抱えてトボトボと街の南にある門に向かっている最中に、ある男と目が合った。かと思った瞬間腕を引かれ、気付くとその男の腕の中に抱《いだ》かれて愛を囁かれている状態となっていたんだ。

突然のその状況に、僕は大いに混乱してしまった。

きつく抱きしめて離そうとしない男の胸元に顔を埋《うず》めたまま、僕はグルグル回る頭を叱咤《しった》させる。

——この人、全く知らない人なんだけど……一体誰⁉

「ああ……やっと見つけた、私の宝玉。愛しい貴方……」

名前も知らない男の呟きが耳に入ることはなく、僕は混乱し続けていた。

おかしい……、おかしいぞ？

恋人との別れを決意してこの街から出ていく途中だったのに、僕はなぜ知らない男に抱きしめられているんだろう？

綺麗な空色の長い髪に夕焼け色の瞳を持つ、素晴らしく整った容貌《ようぼう》の持ち主。

ただ甘ったるいだけじゃなくて、怜悧《れいり》で冷たい印象の近寄りがたい雰囲気を醸し出すその美しさ。

思わず視線を奪われてしまったのは僕だけじゃないはず。

仕事を終えて足早に家路に着く人々が、この男に見惚れて縫い付けられたようにその場に足を止めていたのだから間違いない。

その場にいた全員が動きを止めてしまうという異様な光景に若干引きつつも、このくらい美しい人だったらあり得るかもと納得する。

いや、この街での最後にいいものを見たな、うん。

そんな感想を抱きつつ僕は街を出て行こうとしたけど、この男は僕を見るなり大きく目を見開き、急に抱きついてきたのだ。

いや、混乱するなって言うほうが無理だと思う。

「私の愛しい人。貴方の名前を私に教えて？」

腰に響くような、耳に心地いい低く涼やかな声。うっとりと聞き惚れてしまいそうな声だったけど、混乱したままの僕はそれに魅せられることなく、つい言ってしまった。

「——誰かと間違えていませんか？」

その瞬間、ぴしり、と空気の凍るような音が聞こえた気がして辺りを見回すと、周囲の人たちが固まっていた。

僕、何か間違えた？

★☆

僕が暮らす国『ステリアース』は獣人が治める国。

僕はこの国の孤児院で育った。

捨て子だった僕が保護された時に持っていたのは『ティア』と書かれたメモだけ。おそらくそれが名前だろうということで、僕はティアと名付けられた。

この国で捨て子というのは珍しい存在だけど、僕の場合は捨てられた理由は明白だった。

――僕は『半端者《はんぱもの》』なのだ。

この世界には、獣人だけに現れる奇病――『後天性獣人』というものがある。

数十万人に一人の割合で発現する奇病で、赤子は獣人の特徴を一切持たない。獣の耳だけでなく、尻尾も、牙も、鋭い爪も持たない、一見ただの人族の風貌で生まれるのだ。

この奇病を持って生まれた者はその姿から半端者と蔑《さげす》まれ、獣人と認められず、そもそも存在しない者として扱われる。

獣人と認められないから、獣神を奉《たてまつ》る神殿に入ることはできないし、神殿に入れないから婚姻もできない。

でも、その半端者が救われる方法がただ一つある。

半端者に永遠の愛を捧げる者が現れたら、神の祝福のもと、本来の獣人の姿を取り戻すことができると言い伝えられているんだ。

でもそれはただの夢物語にすぎない。

そもそも半端者は忌避《きひ》される存在だから、誰も相手になんかしない。そんな同族にも神にも見放された半端者、それが僕なのだ。

——だけど。

「はぁ……ティティ、本当に可愛い。可愛すぎて離せない。無理」

どこの世界にも変わり者っているんだなって思う。

僕にとってのそれは、今もぎゅうぎゅうに抱きしめて離そうとしない目の前の青年、アデルだ。

彼とは幼馴染《おさななじ》みで、これまで一緒に孤児院で過ごしてきた。

茶色の髪に黄金の瞳で、ふわふわな獣耳とふっくりとした尻尾を持つ狐の獣人。

初めて出会った時から、アデルは不思議なくらい僕に好意を寄せてきた。

半端者の僕は、基本的に誰からも名前を呼ばれることはない。なぜならそこに存在していないんだから。

名前を呼ぶと半端者の存在を認めることになっちゃうからね。

でもアデルは名前を呼べないのは不便だと言って、僕に『ティティ』っていう愛称をつけてくれた。

彼は子供の時からくっきりした目鼻立ちの整った容貌《ようぼう》をしていて、孤児院の子供たちから人気があった。けれど、彼はいつも僕の側にいて僕を優先してくれた。

そして十六歳で成人して孤児院を出た僕たちは、その流れのまま一緒に暮らし始めた。

アデルは成人すると同時に冒険者として活動を始め、僕は薬師として働き始めて四年が経つ。

まだそれだけしか経っていないけれど二人で頑張っているから、街から少し離れたこの小さな一軒家を借りて、暮らすことができていた。

「えっと、アデル？　そろそろ出なくていいの？」

身体に回される彼の腕を軽く叩いて声をかけると、アデルは途端に不機嫌な顔になった。

「ティティは俺と離れても平気なの？　ああ、俺がいない間に誰かがティティを襲ったりしないか心配で仕方ない……」

口を尖らせて不満や不安をこぼすアデルに苦笑いが洩《も》れる。

「こんな半端者に手を出すヤツなんかいないよ。アデル、心配しすぎ」

「ティティは分かってない！　こんなに綺麗で可愛いんだぞ!?　誰だって手に入れたくなるに決まってる！」

再びぎゅうぎゅう抱きついてくるアデルに、側で彼を待っていた冒険者仲間が呆れたように声をかけた。

「アデル、いい加減にしろよ」

「もう……。アデル、時間がないわよ？」

彼らはアデルとパーティを組んでいる、狼獣人のカイトと猫獣人のレスカ。

アデル以外の二人が『半端者』の僕を快く思っていないのは知ってる。獣人の反応としてはそれがもっともだ。

現に「さっさと装備を付けてきなさいよ」ってアデルを居間から追い出すと、二人とも僕に対して冷ややかな態度になった。

「分かってると思うけど、あたしたちはアンタを認めた訳じゃない。アデルがアンタに執着してるから、仕方なく視界に入るのを許してるだけだから」

不機嫌な顔になったレスカは、ジロジロと無遠慮な視線を僕に向けた。

「全くアデルもアデルよね。こんなみっともない灰色の髪とやたら光ってて気持ち悪い青い瞳の痩せっぽちを綺麗だなんて」

「半端者は半端者らしく、俺らの視界に入らないどっかの片隅で暮らしてればいいのにさ、マジ邪魔くさい」

冷たい言葉が投げつけられるが、僕は特に反論はせずに無言を貫いた。

何かを言い返して、アデルがパーティメンバーと気まずくなるのは困るから。

「アデルがアンタを気にかけるのはアンタが幼馴染《おさななじ》みだからよ？　そのうちアデルも気付くわ。誰を選ぶのが一番有益かってね」

肩にかかる髪をぱさりと払って、レスカはにやりと口角を上げた。

「今回の遠征でアデルをあたしのモノにするつもり。知ってるでしょう？」

つー、と綺麗に整った爪で彼女は自分の赤い唇を辿る。

「狐って家族に執着する性質なの。アデルは孤児だったからずっと近くにいたアンタに執着した。でもこれからは違う。あたしが彼の家族になって側にいる。アンタはもう用無しよ」

「本当にアデルのことを思ってんなら、レスカとアデルの邪魔なんかすんなよ？」

レスカに続いてカイトもジロリと僕を見下ろして吐き捨てた。

「いるだけでアデルの邪魔になるんだから、さっさとこの街から出ていけ」

立派な体格の獣人二人が目の前に立つと、まるで越えられない壁みたい……。ぼんやり見上げながらそう思う。

二人に言われなくても、なんとなく分かっていた。

アデルは狐獣人の性《さが》で家族にすごく憧れを持っていた。

だから手近にいた僕に執着していて、今まで一緒にいてくれたんだと思う。

誰かの伴侶になるには身元がハッキリしない孤児っていうのが最大のネックになっていたけど、今のアデルはメキメキと頭角を現してトップランクの冒険者となっている。

今の彼は誰を選んだとしても、後ろ指を指されることはないだろう。

――そう、僕さえ選ばなければ……

神にすら忌み嫌われる半端者を大事に囲っている――それこそが彼の最大の汚点なんだ。

僕は彼らへ微笑む。

「知ってる。僕の存在はアデルのためにならない」

実のところ、生涯の伴侶として僕を選んでいいものか、とアデルが悩んでいるのは知っていた。

僕と結婚しても誰からも祝福されないし、夢物語のように神様から祝福を受けて僕が獣人になれるかどうかも分からない。

何より、生まれてくる子供が半端者じゃないとは言い切れない。

愛すべき家族を欲しているアデルがそのリスクに悩むのも当然だと思う。

今は僕と離れ難《がた》く感じていても、レスカが伴侶として、カイトが仲間兼友人として側にいるのなら、きっと生粋の獣人であるアデルは彼らを選ぶだろう。

——選ばれるのは、僕じゃない。

「今回の遠征は長期なんでしょう？」

「そうよ。おそらく三ヶ月はかかるんじゃない？」

「だな。新たに発生したダンジョン探索だし、長丁場になるんじゃやねぇの」

二人はちらりと互いに視線を合わせて、軽く頷いた。

「レスカは本当に今回、アデルに告白するの？」

首を傾《かし》げて問うと、レスカはムッとした表情で僕を睨んできた。

「告白じゃないわ。あたしの伴侶にするの！」

「そう……」

キッパリと言い切ったレスカは、獣人の強い生命力にあふれていてキラキラと眩しいくらいに美しかった。

「——お願いがあるんだ」

呟くように言うと、二人は訝《いぶか》しげに眉を顰《ひそ》めた。

「僕だってアデルが好きだよ。だから別れるにしても、ちゃんと区切りを付けたい。アデルが伴侶としてレスカを選ぶならそれを尊重する。でも彼が君を選んだと知らせてくれるまで、ここでアデルの帰りを待ちたいんだ」

「待って、それでどうすんのよ」

「どうもしないよ。幼馴染《おさなな》《じ》みとして彼の幸せな姿を見たいだけ」

「随分、惨めったらしいっつーか、未練たらしいっつーか。女々しいって思わねーの？」

呆れたような顔で揶揄するカイトに苦く笑いかける。

「だって二人が上手くいけば、もう僕はアデルとの絆すら切れちゃうんだ。最後に幼馴染《おさなな》《じ》みの幸せを祈りたいというのはわがまま？」

いつになく食い下がる僕に、カイトもレスカも一瞬黙り込む。

「……いいわ。じゃ、今回の遠征が終わった時、アデルがあたしを選んだと分かったら、ここを出て行って」

レスカはツンと顎を上げてそっぽを向いた。

「遠征のあとはいつものように打ち上げをする予定よ。その前にアデルは荷物を置きに一度家に戻るでしょ？　その時に判断して。そしてあたしを選んだって分かったら、ちゃんと約束を守ってこの街から出ていくこと。分かった？」

「うん。ありがとう、レスカ」

ホッとしてお礼を言うと、レスカは変なモノを見る目付きになった。

「アンタって、やっぱり半端者ね。獣人なら自分の大事な人を手放そうなんて思わないわ」

その言葉は特に耳に痛かった。

僕だって大事な人を手放したくない。

でも一緒にいても幸せにしてあげられないなら、諦めるしかないじゃないか。大事に想う人を半端者の運命に巻き込みたくない。

悲しい気持ちを抱えて二人を眺めていると、アデルが遠征の支度を終えて居間に戻ってきた。

子供の頃から整っていた顔は、冒険者としての実力が上がるにしたがって男らしく精悍な顔つきへと変わった。そんな彼に冒険者としての装備はすごく似合っているし、カッコいい。

ショート丈の黒革のジャケットを無造作に羽織り、同じ黒革のパンツに通したベルトにはシンプルなロングソードを下げている。

しなやかな筋肉を備えた身体は一見スラリとした雰囲気だけど、しっかり鍛え上げられていてレスカが惚れ込むのも無理はない。

彼は居間に準備していた遠征用のドラムバッグを背負うと、もう一度僕を心配そうにじっと見た。

僕はその姿を目に焼きつけるように見つめながら、ゆったりと目を細める。

「アデル、いってらっしゃい。気を付けてね」

「ああ。大人しく待ってろよ、ティティ」

その綺麗な瞳に甘さを宿し、彼は僕の額に口づけを落として旅立った。

——さようなら、僕だけのアデル。

遠ざかる背中に、玄関で小さく手を振る。

帰ってきた時にはもう、レスカのアデルなんだろう。でも、それでいいよ。君が幸せなら……

僕はそれだけでいい。

アデルの背中を消えるまで見送って、僕は一度だけ目を擦って、仕事の準備を始めた。

★☆

街の西の外れにあるこの小ぢんまりとした森に、僕はポーションの材料となる薬草の採取に来た。

この森は柔らかな木漏れ日が降り注ぎ、風通りもよくて快適な場所なんだ。適度な光と風のおかげで様々な薬草がよく育つ。

探せば貴重な薬草も結構生えているんだけど、なぜかこの森には小型の魔獣がよく出没するから薬師たちには人気がない。

魔獣というのは普通の動物の姿だけど、黒い霧のような毒性の瘴気を身にまとっている生き物。どんなに小さな魔獣でも、身にまとうのは人間を死に至らせる毒だから危険な存在なんだ。

そんな魔獣が少なくて薬草がよく採れる人気の場所は南の森だけど、半端者がそこに足を踏み入れるのを他の薬師たちはすごく嫌がる。

だから、一人でのんびり採取できるこの場所をいつも選んでいた。

ほんのちょっぴりでもあるかもしれない獣人の血が騒ぐのか、魔獣が近づいてくるのは簡単に察知できるし、万が一遭遇したとしても小型の魔獣なら一人でどうにか倒せる。

僕は腰のベルトにさしたナイフをひと撫でしてから、プチプチと目的の薬草を摘《つ》み始めた。

アデルが遠征に行って、もう三ヶ月が経つ。

最初の頃はこまめに手紙が届いていた。

そこにはアデル自身のことや、仲間のこと、仕事の様子が書き綴《つづ》られていて、いつも「ティティに会いたい」って言葉で締め括られていた。

しかし一ヶ月が過ぎると手紙が届く頻度は減り、内容も変わってきた。

拠点を置いている町の住み心地とか普段の生活の様子について書かれていて、自分や仲間、仕事についてはは何も書かれなくなった。そして締めの言葉もなくなった。

二ヶ月が過ぎた頃から、手紙も滞りはじめた。

来た手紙も「ポーションが不足し始めたから送ってほしい」というような連絡事項だけ。

頼まれたポーションと手紙を一緒に送ったけど、返事が来ることはなかった。

そして三ヶ月となった今。

任務完了と彼らの帰還を、僕は今日、冒険者ギルドの掲示で知った。

もうアデルからの手紙は途絶えて久しい。

くすっと笑いが洩《も》れる。

——レスカ、頑張ったんだなぁ……

連絡が絶えたということは、そういうことなんだろう。

しゃがみっぱなしで痛む腰を伸ばして、木々の間に見える空を見上げた。

淋しくないと言ったら嘘だけど、今まで僕を大切にしてくれたアデルが幸せになれるなら、それはとても喜ばしいことだ。

たぶん、彼は今日明日にはこの街に戻ってくる。

すでに僕は旅立ちの準備を終えている。あとは少しでもアデルの今後の助けになるよう、ポーションを作り置きしておこう。

——たくさん。たくさん、作っておいてあげよう。

ぽつり、ぽつり……と晴天なのに雫《しずく》が落ちる。

温かい雫《しずく》は留まることなく人気《ひとけ》のない森に静かに落ち、地面に黒いシミを作って消えていった。

「ただいまぁ……」

薬草を抱えて玄関の扉を開ける。たくさん摘《つ》んできたから籠が重くて、ここまで来るのも一苦労だった。

扉横の小さな土間に薬草を入れた籠を下ろして、僕は置いてあったそれに気付いた。

「これ、アデルのバッグ……」

長い遠征で擦り切れて汚れたドラムバッグが土間の端に置かれていた。

じっとバッグを見下ろす。おもむろに室内を振り返り、人の気配を探った。

でもこの狭い家に、今誰かがいる気配は全くない。

——ということは、アデルは荷物だけ置いて打ち上げに行ったのかな……

よっぽど僕と顔を合わせたくなかったんだな……

やれやれ……とため息をついて、僕は運び入れた籠をもう一度抱え直して、家の裏手にある小屋に運んだ。

この小屋は薬師になった僕のためにアデルが作ってくれたもの。

調剤するための机と、小さな竈《かまど》、薬草を保管する少し大きめの棚でいっぱいになるくらいの広さだけど、僕だけの場所でとても気に入っていた。

「今までだったら、打ち上げのあとは絶対に帰ってきてたけど、さすがに今日は帰ってこないかな？」

本当は乾燥させるために土間に薬草を広げたかったけど、帰ってくるなら薬草が踏み潰されてダメになっちゃうかも……

でも、この小屋なら調合のために作った場所だから誰も入ってこないし、大丈夫だろう。

僕は手早く机や床にゴザを敷いて、薬草を広げ始めた。

摘《つ》んだばかりの薬草は葉脈に水分を多く残しているから、薬を作る時に余分な水分が出てしまってムラになりやすくなる。

大抵の薬師は、乾燥の作業を販売までのタイムロスと考えるから生のまま薬草を使うんだけど、僕の師匠は「調合するには薬草の乾燥が一番重要なんだよ」って繰り返し教えてくれたから、僕もそれに倣《なら》ってキチンと干すことにしている。

今回作るものは乾燥しすぎると効能が低くなるから、一晩だけ干して明日、調合しよう。

――それが終わったら、アデルに会わないで出ていこう……

レスカにはアデルからちゃんと結果を聞くまではここで待つって言ったけど、本当は別れの言葉を聞く勇気なんて僕にはなかった。

僕はそっと目を閉じる。

大丈夫。悲しみも淋しさも、西の森に置いてきた。

僕は口角を上げて唇を微笑ませると、勢いよく立ち上がった。

「よし！　明日は早起きして、ポーションたくさん作るぞ～!!」

拳を握り、自分を鼓舞する。

「今日はもう夕飯食べて、さっさと寝よ！」

僕は意気込んで残りの薬草を小屋のあちこちに干して、家に戻った。

狭いキッチンでいつも通り一人分の食事を作る。温かい具だくさんのスープと、焼き立てのミルクちぎりパン。

アデルからの手紙が減ってくるのと比例して、僕の食欲もどんどんなくなっていった。

これまでは小さめの皿一杯のスープだけを流し込んでたけど、明日は薬を作るし、そのまま旅に出るんだから頑張って食べないと……

この三ヶ月で随分痩せてしまったけど、まぁアデルが僕を見ることはもうないだろうし。

僕は小さくちぎったパンを口に入れ、もぐもぐと口を動かす。

香ばしい焼き立てのパンの香りに少し吐き気がしたけど、気合いで飲み込んだ。

いつもより多い食事を頑張って食べ終えて、ひんやりと冷たいベッドに潜り込む。

――今日くらいは楽しい夢を見たいな……

窓の外で瞬く星にそっと祈って、僕は目を閉じた。

★
☆

『タストっ！　追手が来たわっ‼』

『走って、カナ！　街に向かって！』

はぁはぁと息を切らしながら若い男女が悪路を走る。

女性の腕の中には毛布に包まれた赤子がスヤスヤと寝息を立てていた。

『同じ獣人だというのに、なんてひどい……っ』

女性は悔しそうに唇を噛みしめる。

彼女を庇いながら走る男性は悲しい表情で女性と赤子を見つめた。しかし嘆く女性に声をかける間もなく、弓に矢を番《つが》えて放つ。

まっすぐに飛んだ矢は、狙いを違《たが》えることなく追っ手の頭部を貫いた。

ドサリと重い音を立てて倒れるのを確認すると、タストと呼ばれた男性は女性を優しく抱き寄せた。

『カナ……』

柔らかな栗色の髪に顔を埋《うず》める。

『やっぱりこれ以上は危険だ。ティアを獣人の国に預けよう』

『でもっ！　ステリアースは後天性獣人の扱いがひどい国よ!?』

『ティアは獣人だ。獣人は小さい時から身体能力が高すぎて、人族の国では存在そのものが目立つ。人族は獣人を恐れている者も多いから、下手をしたら殺されてしまうよ。ステリアースだったら、後天性獣人と言われるだけで、そこまで目立つことはない』

『でも……』

カナと呼ばれた女性は、悲しみを湛《たた》えた瞳を腕の中で眠る赤子に向けた。

『ティアは後天性獣人じゃないわ。ちゃんとした獣人なのに、理由を明かせないというだけでひどい目に遭《あ》うのよ？』

『分かってる、カナ。俺だって可愛い我が子を辛い目に遭《あ》わせたくない。でも俺たち一族は、獣人からも人族からも特別視されて狙われる存在だ。赤子を守りながら逃げきるのは無理だよ』

『――タスト……』

『それに大丈夫だ。きっとあの方がティアを見つけて守ってくださる。この子はあの方の唯一だから』

『そう、ね。側で慈しむことができないのは、とても辛いけど……』

カナは赤子のまろい頬にそっと唇を落とした。

『ティア。私の可愛い子。守りきれない私たちを許して……』

彼女の眦《まなじり》からあふれる涙が、青ざめた頬を伝う。

『――愛してるわ……』

★☆

ぱちりと目を開く。

夢を見ていた気がする。

楽しい夢ではなかったみたいだけど、無性に懐かしい夢だったな……

僕はふるふると頭を横に振って立ち上がり、大きく伸びをして、わずかに残る眠気を飛ばした。

まだ陽が昇りきっていない時刻。空気はツンと冷たく澄みきっていて、寝起きの熱の籠《こ》もる身体に気持ちがいい。

「――さて！」

僕は身支度を済ませると、昨日の夕食の残りを急いで食べた。

やっぱりアデルは昨夜帰宅しなかったようだ。もしかしたら今日も帰ってこないかもしれないけど、レスカとの約束もあるし、さっさと準備を終えてしまおう。

意気込んで立ち上がり、僕は裏手の小屋へ向かう。

昨日干した薬草を一つ掌に乗せて、乾燥の具合を確かめる。

――ちょうどいい塩梅《あんばい》に水分が抜けているから、いい薬が作れそう。

乾燥させていた薬草を集め、僕は薬を作り始めた。

慣れた作業といっても、今回はたくさん作るつもりだから時間はいくらあっても足りない。

徐々に陽が上り始めて小屋を明るく照らし出す。室内には器材の擦れる音がカチカチと静かに響く。

「ふふ……」

この穏やかな時間が大好きだった。

少しずつお腹の奥に沈む不快な感情が浄化されていくように感じる。

昼食も食べずに没頭して作業すること数時間、集めた薬草を全て調合し終えて丁寧に瓶に詰める。

最後の一瓶にコルクで栓をすると「ふう」と一つ息を吐いた。

ぱんぱん、と手についた薬草の屑を払い、僕はメッセージカードに『身体に気を付けてね』と書いて、薬の瓶の横に置いた。

外を見ると陽はすでに空の真上を遥かに過ぎていて、結構な時間が経っていた。

「うわっ！　陽が沈む前に南門出たいのに！」

僕は慌てて小屋を出て、家の玄関扉を開ける。すぐに荷物を持って出なきゃ、と部屋に飛び込んだ矢先、思いがけない障害物があったらしく、僕は勢いのままそれに突っ込んでしまった。

「んぶ………っ」

痛む鼻先を押さえながら視線を上げると、そこにはアデルが立っていた。

「――あ」

「……ティティ。ただいま」

鼻先を擦っていた手を止める。えっと……、なんで今、ここにアデルが……？

「あ、うん……あの……」

会うつもりがなかったのに会ってしまって、混乱して上手く言葉が紡げない。

「お帰りって……言ってくれないの？」

顔に影を落としたアデルはわずかに首を傾《かし》げた。

「っ……あの、お帰り。怪我、ない？」

「ないよ。大丈夫」

ゆるりと眦《まなじり》を細める。そして流れるような仕草で僕の頬に掌を当てた。

ぴくり、と肩が揺れる。

「ティティ、少し話がしたい。時間貰えない？」

少し言いにくそうな顔で、そう切り出した。

……そっか。

アデルもちゃんと区切りをつけようとしているのか、と納得した。

――でも。

もう一度外に目を向ける。

南門から馬車に乗る予定だから、そろそろ出なきゃ間に合わない……

僕は微笑みをなんとか浮かべて、彼を見つめた。

「ごめんね、アデル。さっき完成した薬を急いで届けなくちゃいけなくて……」

「じゃあ、帰ってきてからでいい」

「……ごめん、遅れそうだから行くね」

「ティティ――」

外套を羽織ってバッグを肩にかけると、僕は彼の言葉の続きを聞こうともせず逃げるようにその場を後にした。

――僕は卑怯だ。

アデルだって区切りをつけないと、レスカのもとに行けないじゃないか。でもアデルから面と向かってサヨナラを言われたら……僕は……

ぐっと込み上がるモノを呑み込み、少しでも早くアデルがいる場所から遠ざかろうと足を速めた。

荒れ狂う気持ちを抱えたまま南門へ向かう。

――やっぱり、無理だよ。直接別れを切り出されたら、堪えられない……

じわりと眦《まなじり》に涙が浮かぶ。

アデルとは彼が七歳で孤児院に入った時からの付き合いで、もう十三年も一緒にいた。

アデル以外の人たちが僕を半端者と蔑《さげす》む中で、彼だけは変わらず僕に優しく接してくれていた。

いつも「可愛い」や「大好き」と、ある時は言葉で、ある時は態度でずっと示してくれていたんだ。

そうやってずっと好意を向けてくれた唯一の人を、好きにならずにはいられない。

この世界でたった一人、僕に愛情をくれた人。

彼の側を離れたくはなかった。

自分は半端者だから彼にはふさわしくない……。いつもは自分に言い聞かせるようにそう口にしていたけど、本心ではずっと僕を選んでほしかった。

──別の人を選んでほしくなかった……

忙《せわ》しく動かしていた足を止める。

堰を切ったように流れる涙が一向に止まらない。

とっさに外套のフードを被ってその場にしゃがみ込んでしまった。

「──アデル……。なんで……………」

露店が並ぶ大通りは夕暮れ前というのもあって、行き交う人々が多い。そんな中で突然しゃがみこんだ僕に人々は訝《いぶか》しげな視線を向けてくるけど、もう僕には涙を止める術《すべ》はなくて、こうして我慢するしかなかった。


「──はぁ……」

グスグスと洟《はな》を啜る。

本当に情けない。いい大人が失恋したからって、通りで大泣きなんて……

泣きすぎてズキズキ痛む頭を押さえて、僕はのろりと顔を上げた。空は橙色になり、足元の影は長さを伸ばしている。

視線の先に小さく目的地の門が見えた。

あの門の向こうの停留所から、海辺の街への馬車に乗る。

早朝に港で水揚げされる魚介類を運ぶための馬車に相乗りさせてもらうことになっていて、夕暮れにこの街を出て夜通し馬車を走らせることになっていた。明日の朝に目的の街に着く予定だ。

ゆっくり立ち上がり、トボトボと歩みを再開する。

——と、その時。無視することができない強烈な存在を感じ取って、思わず足を止めた。

「——え？　なに……？」

その存在を捜すために視線を彷徨《さまよ》わせる。

周りを歩いていた人々もその場に立ち止まり、辺りを見回していた。

そして、綺麗な空色の髪に夕焼け色の瞳を持つ、ずば抜けて美しいその男性を見つけたんだ。

まるで魅了されてしまったかのように、その綺麗な瞳から目が離せない。僕の視線に気が付いたのか、彼はゆったりと頭を動かす。

そしてその瞳が僕を映したと思った瞬間、彼は大きく目を見開き、食い入るように僕を見つめた。

視線が合ってしまうと、まじまじと不躾《ぶしつけ》に見ていたことが恥ずかしくなる。僕はそそくさとその場をあとにするべく足を動かした。

その時、ふわりと風もないのに空色の髪がなびくのが視界の端に映った。

「あ……」と思った瞬間、彼は僕のすぐ目の前まで来ていて、僕はその腕の中に捕らわれてしまっていた。

突然のことに混乱して固まる僕にお構いなしで、きつく抱きしめて離そうとしない。

頭の中で思考がグルグルと回りまとまらなかった。

彼の「私の愛しい人。貴方の名前を私に教えて？」と宣《のたま》う声は素晴らしかったけど、混乱したままの僕は深く考えることができなくて、ポロリと発言してしまっていた。

「――誰かと間違えていませんか？」

瞬間、ぴしりと周囲の人たちが固まったのを感じて「しまった！」と内心焦ってしまう。そして彼らは「何コイツ、信じらんねぇ……」的な視線を僕に向けるものだから、さらに焦る。

「あ、の……」

なんでそんな目を向けられるのか分からない僕は困ってしまう。

いまだに僕を離そうとしない彼を見上げると、切れ長な瞳にゆるりと甘さを滲《にじ》ませて彼は微笑んだ。

「――泣いてたの？」

すりっと目元を優しく指の腹で撫でる。

さっきまで大泣きしてたから目元が赤くなってるのかな……と思いつつ、この世のものとは思えない美しさを誇る彼に泣き腫らした見苦しい顔を見られたくなくて、僕はとっさに俯《うつむ》いてしまった。

「誰に、泣かされたの？」

頤《おとがい》に指がかかる。クイッと持ち上げられて顔を背けることもできず、夕焼け色の瞳に顔を覗き込まれた。

「ねぇ。誰が、貴方を、傷付けたの？」

その言葉にゾワっと悪寒が背中を走る。彼の目も口も、変わらず優しく微笑んでいるのに、すごく怒っているのをひしひしと感じる。

「離して……っ」

僕はこの見知らぬ人を急に怖く感じて、腕を伸ばして彼の胸を押し、腕から抜け出そうと藻掻いた。

「――アスティア様」

しかし落ち着いた静かな声が響いて、ふっと男性の視線の強さが和らいだ。

思わず抵抗するのを止めて声の方向に目を向けると、真っ黒な髪に同じ色の瞳を持つ白皙《はくせき》端麗な男性が静かに控えていた。

執事みたいな服を身に着けているけど、付き従っているところを見ると従者かな？　薬を卸していた貴族の屋敷で働く人たちを思い浮かべながらそう思った。

従者は僕の顎を掴んで離さない人を見ている。

――『アスティア』ってこの人の名前だろうか？

空色の長髪の男性――アスティアと呼ばれた彼は僕から視線を外すことなく、わずかに眉根を寄せて背後の従者に向けて不機嫌そうに言葉を放った。

「ルゼンダ、邪魔をするな」

「ですが、番《つがい》様が怯えておられます。一度お引きください」

その言葉に、少しアスティアが首を傾《かし》げる。しかしその後、両腕を滑らせるようにして僕の両肩に置くと、ゆっくりと屈《かが》み、耳のすぐ側に唇を寄せて囁いた。

「――怖い？」

耳に吹き込むような囁きに、ゾクゾクとした甘い痺れを感じて反射的にアスティアに視線を向けると、こちらをじっと窺《うかが》う一対の瞳と視線が交差した。

アスティアの強い視線に捕らわれて、動けなくなる。

「貴方は、誰？」

震えそうになる声を必死に抑えて問うと、アスティアは顔を綻ばせた。

「私？　私は――」

「っだから、怖がらせんじゃねぇってんだろ！」

絶世の美貌の持ち主が言葉を発しようと唇をわずかに開いたその時、アスティアの背後に大人しく控えていたはずのルゼンダと呼ばれた黒髪の従者が、口調も荒く叱咤《しった》しアスティアを蹴り飛ばしていた。

「愛しい番に出会えて浮かれてんのはいいが、ちっとは周りに配慮しやがれ！」

あ……あれ？　この人、第一印象と随分違う……

蹴り飛ばされたアスティアは恨みがましい視線を向けるが、ルゼンダは一顧《いっこ》だにせず、ツカツカと僕に歩み寄った。

「アスティアが暴走して悪かったな。まぁこっちが全面的に悪いんだけど、アイツにも事情があってさ。許してやってよ」

「ルゼンダ、余計なことを言うな」

「うっせーし。お前に話してんじゃないよ」

ルゼンダは肩くらいの位置で右手をひらつかせて、「はんっ！」と鼻で笑う。

美貌の男性に抱きしめられたかと思ったら、今度は突然二人の言い合いが始まってしまった。その光景を前に、僕は混乱した頭を落ち着かせることを放棄した。

——ああ……一刻も早くこの場から立ち去ってしまいたい。

ぼうっとそう考えながらアスティアとルゼンダの口喧嘩をぼんやりと眺めていると、僕と同じようにアスティアの美貌に目を奪われていた人たちのこそこそ話す声が聞こえてきた。

「あれ、空竜《くうりゅう》じゃないか？　ステリアースを訪れてるって噂、本当だったんだな」

「歴代の空竜の中でも、今代が一番ヤバいって話だよな？　この国大丈夫かよ、オイ」

聞き慣れない単語を耳が拾う。

「——くうりゅう……？」

コテンと首を傾《かし》げてその言葉を反芻していると、僕の声に反応したアスティアが嬉しそうに微笑んだ。

「私の可愛い人。私のことを呼んだ？」

……………え、空竜ってアスティアのこと⁉

「……竜なの？」

唖然としながら呟く。

「そうだよ。空竜は貴方の番たる私のことだ」

そう言ったアスティアは甘やかに頬を緩めて、すごく嬉しそうに笑っていた。

★☆

「ま、お茶でも飲んで落ち着きな」

粗野な口調に反して丁寧な手つきでカップをローテーブルに置くと、ルゼンダはニヤリと人の悪い笑みを浮かべた。

この人、白皙《はくせき》の美貌って言葉がピッタリな端正な顔をしていて、さらに彼の白い肌に黒髪が映えてすごくカッコいいんだけど、容姿と態度が全然一致しない。

僕はルゼンダと目の前のカップに視線を行き来させて、居心地悪くもぞりと身じろいだ。

彼らに連れてこられたのは、貴族の屋敷が並ぶ区域の一角。他の屋敷より遥かに装飾が多くて派手な印象の屋敷だった。

旅立つために南門近くまで来たはいいけど、彼らと出会い、結局半ば拉致《らち》されるようにこの屋敷に連れてこられたのだ。

そろりと室内に目を向ける。

豪華な調度品が飾る客間は、僕には馴染《なじ》みがないきらびやかさで落ち着かない。そもそも、こんな高級そうな場所に僕がいていいの？

それに、それ以外にも居心地が悪い理由があった。

「どうしたの？　アイツの存在が不愉快？」

優しい声が背後から聞こえる。そう、背後から。

なんで僕、この人の膝の上に座っているのかな……

すごく恥ずかしいし、居たたまれない。

そんな僕の心情を知ってか知らずか。アスティアは背後から僕の左頬を掌で包むと、優しく力を込めて自分のほうを向くように誘った。

「私だけを見て？　アレの存在が嫌なら消しちゃおうか？」

もう片方の手でルゼンダを指さすアスティアは甘く蕩《とろ》けた表情をしている。しかし彼はおそらく本気で言っている。

「……え……っと……」

「アスティア、お前の番がドン引いてんぞ」

「煩《うるさ》い」

「ま、いいや。で、えーっと番様？」

「あ、僕ティティって呼ばれてます」

全く口をはさむ隙がなかったせいで、自分の名前すら伝えていなかった、とちょっと慌てる。

本来は自分の本当の名前を名乗るべきなんだろうけど、神に存在を認めてもらえていない者の名を呼ぶことを神殿の神官たちはひどく嫌う。

高貴な人たちはおそらく獣神を信仰しているだろうから、僕みたいな者の本名を呼ぶことすら忌々しく思うかもしれない。

ちょっと考えて、アデルに呼ばれていた愛称を名乗ったけど、仕方ないよね。

「ティティ、ね。可愛い～」

「なんでお前が私より先に番を呼ぶんだ」

ルゼンダが愛称を口にした瞬間、辺りの空気が急速に冷えてズンと重くなる。しかしアスティアの殺気を含んだ声に対して、ルゼンダは特に気にした様子もなく肩を竦めた。

「お前に任せても、話が一向に進まんだろーが。自業自得」

威圧を振り撒くアスティアを軽くいなすと、彼は改めて僕のほうを向いた。

「どこかに行く途中だったんだろ？　拉致《らち》って悪かったな」

「……いえ」

拉致《らち》って言った。自覚あったのかぁ……、と思わず呆れてしまう。

「あんな人目の多い所じゃ迂闊《うかつ》に話もできねーし。諦めて」

あっさり言い放つ。ホント、見た目の上品さとのギャップがひどい。僕はため息をついた。

「なんで僕、ここに連れて来られたんですか？」

「え？　そりゃ君がソイツの番だから」

ルゼンダの言葉に目を瞠《みは》ってしまう。あまりの驚きに言葉すら出ない。

誰が、誰の、何だって？

半端者《ぼく》が、空竜《アスティア》の……

「――は？」

孤児院育ちで十分な教育を受けることができなかった僕でも、竜がこの世界のヒエラルキーにおいて頂点に位置する存在だということは知っている。

そんなヒエラルキーの底辺に位置する半端者が、トップに位置する竜の番？

「なんの冗談……」

あり得ない。絶対にあり得ない。

「なぜ、冗談だと思うの？」

スルリとお腹に回した両腕に力を籠《こ》めて、閉じ込めるように抱きしめたアスティアは、頬を僕の頭に擦り寄せて満足げに吐息を洩《も》らした。

「ずっと捜してた。貴方に守護者が付いてるって分かってても、見つけるまでは心配で堪らなかった」

また一つ理解できない単語が飛び出てきて、首を傾《かし》げる。

『守護者』とはなんだろう。

ここは僕が知っている世界とズレてるのかもしれない。ズキズキと頭が痛み始める。無言となった僕の顔を、アスティアが心配そうに覗き込んだ。

「ティティ、どうしたの？　どこか……」

「……なぁ、ティティ。君、今までどこで誰とどう暮らしてた？」

ふと何かに気付いた様子のルゼンダが、アスティアの言葉を遮って聞く。

僕は俯《うつむ》けていた顔をのろりと上げて、ルゼンダに目を向けた。

「守護者を知らないって、そんなのあり得ない。君は今まで、誰と一緒にいたんだ？」

「今まで……？　えっと、孤児院で育って。ずっと一緒だったアデルとは大人になってからも……」

痛むこめかみをそっと指で押さえる。

「「アデルって誰？」」

二人の声が重なる。

「――僕の、恋人だった人」

その僕の言葉に、真っ黒な瞳と夕焼け色の瞳が驚きの色に染まった。

ああ、頭が痛くて吐きそう……

無言で顔を見合わせる二人の側で僕の視界は暗転し、意識が遠のいていった。

★☆

気付くとティティの身体から力が抜けて、前に崩れ落ちそうになっていた。

「っと！」

慌ててルゼンダが手を差し伸べて支える。ティティを膝上に乗せていた私は我に返り、意識をなくした愛しい番を横抱きにして抱え込んだ。

カクンと力なく仰向く頭を腕で支え、胸元に引き寄せる。

「――は？　恋人？」

「気にするトコそこなの？　いや、たしかに気にはなるけれども！」

「私の番だぞ!?　なのに他に恋人って……」

「落ち着け、アスティア。それより守護者不在のほうが問題だろーが」

保有する力の強さゆえに生態系ヒエラルキーの頂点に君臨する私たち竜ではあるが、その種族の特性として己の番にはとても弱い。

『竜を倒すなら番を狙え』とは命知らずの冒険譚にも記してあるほどだ。そして実際に竜を支配しようと企む者たちに、過去幾度となく番たちは狙われてきた。

そんな番を守るのが守護者だ。常に番の側にあり、その存在を守り抜く者。

神が定めた運命の相手が番であるように、守護者もまたそうあるべく神が定めた存在なのだ。

そんな大切な守り手が不在……

私がティティを捜し求めている間に、一体彼に何が起きていたんだろう。

「まず、そのアデルってヤツから調べるか？」

「そうだな。孤児院時代からずっと共にあったのなら、その男が何か知っている可能性は高い」

ルゼンダの提案に頷く。

本来、守護者は竜の番を守るように本能の根底に刻み込まれており、番の側で必要な知識を与えて竜の相手に相応《ふさわ》しく育てていく。

それがなかったというのなら、出会ってから今までのティティの戸惑いも当然だと理解できる。

私は意識をなくしたティティをじっと見つめた。

月白と呼ばれる、うっすらと青みを帯びる薄灰色の髪。宝石アウイナイトのような美しいコバルトブルーの瞳。

神秘的なまでに美しい色彩をまといながら、獣人の特徴を持たない状態で育ったティティ。

この獣人の国ステリアースで後天性獣人と見なされた彼は、守護者不在の状態でどれほど過酷な人生を歩んだのだろう……

この国の内情を知っているだけに、腹の奥に言いようのない怒りが湧き上がる。

「——その男、さっさと連れて来い」

ようやく出会えた番から視線を外すことなくルゼンダに命じる。

先ほどまでの粗野な雰囲気を収めたルゼンダは、白皙《はくせき》の美貌に相応《ふさわ》しい冴え冴えとした瞳で、仕える主に恭《うやうや》しく頭《こうべ》を垂れた。

すぐに背後でパタンと静かに扉が閉まる。

さっそく調べに向かったのだろう。それに目を向けることなく、腕の中で瞳を閉じたままのティティをただ見つめた。

——違う。本当はティティなんて名前じゃない。

私は彼の本当の名前をちゃんと知っている。だけど彼の名前を呼ぼうとした時、声が出せなかった。おそらく彼自身になんらかの制約が掛けられているのだ。

思わずぐっと唇を噛みしめる。

何かが、もしくは誰かが私とティティの間を邪魔している。

そう思うと怒りのあまり空竜の力の制御が緩み、辺りの空気が不穏に揺らめく。

「……ん」

その時、ティティの形のいい唇がわずかに開いて小さな声が聞こえてきた。少し眉根を寄せて、苦しそうな様子を見せている。

私は大きく息を吐いて荒れ狂う感情と力を抑え込むと、彼を抱き上げて寝室へと移動した。

この屋敷にもティティのための部屋は準備されていたけれど、それを使わせる気はない。彼は私と共にあるべきなのだから。

カチリと小さな音を立てて寝室の扉を開く。中央に置かれた天蓋付きの豪奢なベッドにティティを横たえた。

この国を訪れた際に国王に押し付けられた滞在先の屋敷は、派手派手しく品に欠けて私の好みではない。

大事な番を我が空竜城に連れて戻った際には、私たちの部屋を彼に似合うものに変えようと心に決めている。

そろりとティティの頬を掌で包み込む。

ふと、彼が寝苦しそうな服のままであることに気が付いた。

一瞬、ぴくりと腕を震わせて躊躇する。

他の者に着替えを頼もうかとも考えたが、大事な人に他人が触れることを耐え難《がた》く感じて、結局自分で彼を着替えさせることにした。

着ていた服の紐を解く時、不謹慎なほどに胸が高鳴った。もちろん、意識もなく同意もないティティに手を出すつもりはない。

それでもようやく邂逅《かいこう》を果たした愛しい人を前に、湧き上がる欲を抑えることができずに私は大きくため息をついた。

「……はぁ、本当に可愛い……」

自分の煩悩と戦いながら寝衣に着替えさせ、ゆっくり休めるように上掛けをかけてやる。

顔に掛かる髪をそっと払うと、年より幾分幼く見える寝顔が見えて、ふと彼の誕生を知らされた時のことを思い出した。

私が九歳の誕生日を迎える直前、ティティはこの世に生まれてきてくれた。

竜には必ず番が存在する。空竜以外の竜は、大人になるとその存在を求めて世界中を旅する。

しかし空竜は、他の竜と比べてずば抜けて強い力を持つゆえに心身の均衡を崩しやすく、その心の安寧をもたらすものとして番が必須だった。

空竜の番は空の一族と呼ばれる者たちから誕生すると決まっていて、番の証として宝石のように美しいコバルトブルーの瞳を持つとされている。

私にも例外なくティティが番として誕生したけれど、生まれて間もないティティにすぐに会うことは叶わなかった。

なぜなら、空竜の独占欲はすさまじく強く、まだ幼く未発達の精神では、自分の欲求に従って番を雁字搦めに囲ってしまう可能性があったからだ。

それではお互いに幸せになれないということで、ある程度自分の欲求が自制できる十歳になるまで、空竜は番同士の顔合わせを禁止されていた。

――せっかくこの世に、私のもとに来るべく生まれてきてくれたのに、会えないなんて！

番が誕生したという何よりも嬉しい知らせと共に、あと一年は会えないという絶望を感じたことを強く覚えている。

でも、たった一年会えないだけなんてなんの苦痛でもなかった。

あと数日でティティに会えるはずだった、あの日。

空竜城にもたらされたのは、私の愛しい番が何者かに襲撃を受けて行方不明になったという残酷な知らせだった。

ぞわりと恐怖とも怒りともつかない激しい感情が体内を駆け巡り、髪が逆立つような感覚が身体を襲った。あの時父に力を抑え込まれていなければ、確実に周囲の国々を潰すほどの力を放出していたと思う。

あれから十九年。こんなにも長く番を見つけることができないとは、夢にも思わなかった。

いなくなった番を捜そうと半狂乱になりながら力を巡らせたけれど、何かに弾かれて番の気配を辿ることができなかったのだ。

こうなってしまえば、番を捜し出すために、他の竜と同じく世界中を巡るしか方法はない。

そうやってあちこちを巡り、ようやく捜し出した愛しい人。

しかし彼は私の想像をはるかに超える厳しい世界で生きていた。

私は横たわる彼の身体に触れて、魔力を操作して愛しい番の身体を探る。

そもそも彼はなぜこうも痩せているのだろう。

着替えさせる時に見た薄い身体。そのあちこちに残る鞭の跡には殺意が湧く。

なんとか自分を律してさらに探り、知り得た情報に思わずきつく眉根を寄せてしまった。

「なぜ――」

優しく愛しい彼の髪を指で梳《と》く。愛しい唯一に会うことができなくて、とても辛かった。でも貴方はそれ以上に過酷な人生を歩んだんだな……

「アスティア」

密やかな声が背後から響く。視線だけを流すと、外套をまとったままのルゼンダが控えていた。

無言で促すと、ルゼンダは早速調べた情報を話し始めた。

「アデルってヤツは冒険者で、この三ヶ月遠征していたようだ。だがパーティメンバーは遠征先で死んでいた。冒険者ギルドの見立てでは、魔獣の仕業ではなさそうだ、だと」

彼は話しながら、パチン、と外套を留めるピンを外す。

「ティティの家は、俺が行った時には燃えてた。放火されたっぽい」

「アデルという男は？」

「いた……だが、逃げられた」

その言葉に、思わず身体ごと振り返る。

ルゼンダの存在は特殊だ。持つ力は強大で、生半可なヤツに後れを取るはずがない。

「お前が取り逃がした、と？」

声に苛立ちを含ませると、ルゼンダは肩を竦めた。

「あれには、さすがの俺も勝てねーよ。あいつ、間違いなく守護者だね」

そう断言されて、私は眇《すが》めた目に怒りを滲《にじ》ませた。しかしルゼンダも慣れたもので、そんな私に恐怖心を抱《いだ》くことなく飄々《ひょうひょう》としている。

「守護者なのに、ティティを守らなかった、と？」

「さぁ、そこまでは俺には分からねぇわ。で、この事実、どこまでティティに話す？」

「全てを」

私は視線をルゼンダから外し、ベッドで眠るティティに向ける。

「ティティの身体を探ったら、洗脳の跡があった」

「は？」

声だけでルゼンダが目を丸くしているのが分かる。

「どんな内容の洗脳かは分からない。ただ確実にその男が関係しているはずだ。今ティティをヤツと接触させたくない。だから事実をありのまま伝える」

「はっ！　守護者なのに番を守りもしなければ、まさかの洗脳？　エグっ!!」

吐き捨てるようなルゼンダのセリフには同意しかない。

守護者がなぜ守るべき相手を守らなかったのか。

その男、アデルは何者なのか。

探る必要があることが多い。

——でも。

「私の手元にティティは来た。なら役立たずな守護者なんて不要だろう？」

ルゼンダが軽くため息をつくのを感じながら、うっすらと嗤《わら》う。

ティティ。私の愛しい番。

指の背を愛しい番の頬に滑らせて、その感触を楽しむ。

会いたくて、触れたくて、その宝石のように美しい瞳に私を映してほしくて。

焦がれに焦がれた存在が、今、手の中にある。もう少しその存在を堪能したくて、私はベッドサイドに腰を下ろして飽くことなく髪を梳《と》き、その感触を楽しむ。

ルゼンダは呆れた顔をしたものの、仕方ないとでも思ったのか、部屋から出るべく踵《きびす》を返した。

「まぁ、昔に比べるとお前の自制心も強くはなったと思ってるけど」

彼は扉に手をかけて振り返る。

「忘れんなよ。ティティにはお前の番って認識はない。お前が暴走すれば、傷つくのはティティだからな？」

そう言い残して、パタンと扉を閉めた。

幕間　一

陽が沈んで辺りは暗闇に沈む。そんななか、激しく上がる炎は辺りを明るく照らし、その家を舐めるように這い焼き尽くしていく。

ティティと四年暮らした家。大事な思い出の詰まった場所だったけど、燃やすしかなかった。

今日ステリアースに戻って、会いたくて仕方なかったティティにようやく会えた。

どうしても彼に告げなければならないことがあったのに、ティティは「薬を届けてくる」と言って出て行ったきり戻って来ない。

訝《いぶか》しく思ってティティの部屋を覗くと、そこは物が片付けられ、飾りのない壁とラグもなくむき出しの床の殺風景な空間となっていた。

その瞬間、俺は全てを悟った。

――きっとアイツらだ。

脳裏に冒険者仲間だったカイトとレスカが浮かぶ。

ギリギリと歯軋《はぎし》りしながら拳を強く握り込むと、俺は身を翻《ひるがえ》して家の裏手にある小屋に向かった。

音を立てて乱暴に扉を開ければ、恐ろしく狭いその場所の全貌が見てとれる。

ティティが調剤するために使っていた机には、手製のポーションが所狭しと並べられていた。そしてその脇に紙が置かれ、ひらりと風に揺れていた。

それはメッセージカードだった。

『身体に気を付けてね』

短いメッセージ。でも確実に別れの意味合いが籠《こ》もっているのを感じた。

グシャリとカードを握り潰す。

帰ってくる道中、この国に空竜が訪れていると聞いた。

——あの人に見つかるのはマズイのに……

番を捜してこの国を訪れた空竜がこの家を見つけたら、残り香からティティの存在がバレてしまう。

そう思った俺は、迷うことなく家に火を放ったのだった。

やるせない気持ちを抱えて家を燃やしていく炎を見つめながら、俺は重大な役割を授かった時のことを思い出していた。


そもそもの始まりは、ティティの両親と誕生したばかりの彼が巣籠《すご》もる場所を、人族に見つけられたことによる。

空竜の支配下にある空の一族はその昔、卵生の形で誕生していた有翼種の一族だ。

時の経過と共に赤子の姿で世に生まれるように変化したが、本来殻で大切に守られていた赤子はその守りを失ったことで、非常に弱い存在となってしまった。

そのため彼らは、赤子が生まれると巣籠《すご》もりして身を隠し、子を守って過ごすのが常だった。

その巣籠《すご》もりの場所を、あろうことか人族の狩人に見つかってしまったのだ。

空の一族は、その背中にある羽によって空を統べる。空中から繰り出される高い戦闘能力を欲する国は多く、空の一族には常に襲われる危険が付きまとっていた。

とはいえ空の一族も獣人、人族如きに負けるはずがなかった。

しかしその狩人が属する国の友好国『アスダイト』が介入してきたことで話は変わった。

武闘派獣人の国アスダイトは、空の一族の力を得るために一個大隊を投入してきたのだ。

ティティは、その場を辛うじて逃げ切った両親によってステリアースの孤児院に預けられることとなり、彼の両親はその後アスダイトの獣人に殺害されてしまうことになる。

だけど、それは序章にしかすぎなかった……

「旦那様、見てください。これ……」

そんな折、五歳になった俺の左肩に痣が浮き上がってきた。

その頃の俺は入浴などは乳母の手を借りて行っていたが、その乳母が痣に気付いて父に報告したのだ。

「数日前からうっすらと浮かび上がっていたんですが、今日見てみると何かの形のようで」

「なんだこれは……たしかに何かの紋様に見えるな……」

父は訝《いぶか》しげに背中を覗き込み、首を傾《かし》げるしかなかった。

「気になるな。これに関しては私が調べるから、お前は他言しないように」

「畏まりました」

恭《うやうや》しく頭《こうべ》を垂れて退室した乳母を見送り、父は俺を見下ろした。

「悪い物ではないが、何か不思議な力を感じるのも確かだ。お前は、テスタント家の跡取りなのだから、何かあってからでは困る。何か異常を感じたら言いなさい」

「父様」

父は厳格な表情を崩さず俺にそう言ったが、俺はそれを遮りクイッとズボンの裾を引っ張った。

この二、三日、夢の中で不思議な声が繰り返し告げた言葉を覚えていた俺は、それが良いか悪いかも考えずに口にしてしまったのだ。

「これは、くうりゅうもん、です。くうりゅうさまのツガイを、俺がまもります」

それは、決して言ってはならない一言だった。なぜなら父は典型的な獣人貴族で、力が全てと考え、それを手に入れるためには手段を選ばない人だったから。

「アデル、陛下に謁見することになった。お前も来るんだ」

ある日父――テスタント侯爵に言われ、共に王宮に赴くことになった。チラリと父の顔を窺《うかが》うと、にやりとほくそ笑んでいる。

その時の父の顔を見て、俺は「何かが上手くいったんだな」としか思わなかった。

豪華に飾り付けられた謁見の間に辿り着き、父が恭《うやうや》しく頭《こうべ》を垂れ、俺もそれに倣《なら》う。

「アスダイトの太陽、コモス陛下にご挨拶申し上げます」

「それがお前の息子か」

階段の数段上にある玉座には壮年の男が座り、肘掛けに腕をついて俺たち親子を見下ろしていた。

アスダイト国王はバッファローの獣人。頭に立派な角を持ち、厳つい体躯で威圧してくる。

バッファローの獣人は体つきに見合わず、力はそれほど強くない。しかし戦士である男たちをまとめ上げる手腕は素晴らしく、それを諸侯に認められて玉座に座る権利を得たという。

「左様にございます」

「お前の案は事前に聞いているが、果たして上手くいくのか？」

「私はそう読んでいます。陛下もお分かりでしょう？」

垂れていた頭《こうべ》を上げ、父は堂々とした様子で国王陛下に視線を向けた。

「コレは最強である空竜の番の守護者なのです。コレを上手く使い、番を操ることができたなら、このアスダイトが空竜を手中に収めることができるのです」

その目は、強大な力が手に入れられると興奮して狂気を孕《はら》み、ギラギラと輝いていた。

「そうなれば、我がアスダイトが世界を征することなど容易《たやす》い」

父はすっと右腕を持ち上げ、「陛下」と呼びかけて、玉座に座る男に差し出した。

「この世を統べる覇者となりませんか？」

無表情で話を聞いていた陛下のこめかみがピクリと動いた。

「しかしテスタント侯爵、ソレはお前の跡取りだろう？」

「問題ございません。これほどの偉業の前には、ほんの些細《ささい》なことでございます。跡取りはまた作ればいいのです。しかし守護者はそうも参りません」

「なるほど。侯爵の意志の強さは理解した。ならば余もお前の忠義に答えねばな………」

トントンとこめかみを指で軽く叩く。

しばらく思案していた陛下は、おもむろに従者を呼び寄せた。

「剛者の石を持ってこい」

陛下の命令に頭《こうべ》を垂れた従者は、ほどなくして大人の男が持ち上げるのも困難なほど大きく黒い石を持ってきた。

「陛下、これは？」

「ふふ……王家に伝わる宝玉よ。王族の血筋に連《つら》なる者を主とする魔石だ」

俺はその禍々しい魔石を見て身震いした。

――アレは、嫌だ。恐ろしい……恐ろしいっ!!

一歩後退《あとずさ》り、父のズボンをきつく握る。

その間に陛下は玉座から立ち上がって別の従者から短剣を受け取ると、勢いよく魔石に叩きつけた。

カキン、と澄んだ音が謁見の間に響き、魔石の一部が欠ける。床に落ちたそれを従者が拾い上げ、恭《うやうや》しく陛下へ手渡した。

その石を手にした陛下はなんの躊躇もなく短剣で自分の腕を傷つけ、流れ落ちる血液を魔石に吸わせ始めたのだ。

俺には何が行われているのか分からなかった。

しかしただその行為の全てを恐ろしく感じて、ただただ茫然と立ち尽くしていた。

「こっちに来い、小僧」

陛下が睥睨《へいげい》し、俺に命じてくる。でも俺は恐怖から一歩も動けない。

そんな俺を見下ろしていた父は、「チッ」と舌打ちを洩《も》らした。

「アデル、陛下がお呼びだ」

思わず恐怖で顔が強張《こわば》り、追いすがるように父を見上げて首を振る。だけどそんな弱い拒絶など意味はないにも等しい。

父は俺の腕を掴むと引き摺るように引っ張り、陛下のもとへ連れていった。そして俺の両腕を後ろでまとめると、床に膝をつかせた。

「魔石の主は余ぞ。アデル・テスタント、お前に命じる。空竜の番を己のモノとしろ。お前だけを見て、お前だけを信じ、お前の命ずることをするよう洗脳するのだ」

血に濡れた短剣を見上げ、滴《したた》り落ちる血を絶望と共に見続けていた。

衝撃はすぐにやってきた。

「つあああああぁぁぁっっっ!!」

短剣は左の鎖骨下に突き刺さり、陛下は容赦なく一文字にその箇所を引き裂く。

あまりの痛さに身を捩《よじ》って叫び散らすが、腕を押さえる父の力は緩まない。追い打ちをかけるかの如く、陛下はバックリと開いた傷に血を吸って鈍い光を宿した赤黒い魔石を押し込んできた。

魔石はまるで意志を持つ生き物のように周囲の肉に根を張り始め、傷の中に納まってしまった。

「余の命に背けば、死を望みたくなるほどの苦痛がお前を襲うだろう。もし、この石を取り出そうとしたなら……」

そこで一旦話すのを止め、陛下は俺の鎖骨の下に埋められた魔石を人差し指で押す。すると、ありえないスピードで周囲の肉が盛り上がり始め、やがて魔石を体内に残した状態で、傷は塞がってしまった。

「この魔石が心臓を潰して、お前を殺すだろう」

魔石を取り込んだ場所を見て満足げに頷いた陛下は、ニヤリと口端を歪めた。

「侯爵、あとはお前の計画通りに。番の洗脳には時間がかかるだろうから、早めに接触させろ」

「しかし、まだ番の行方が……」

「そんなもの関係ない」

フン、と鼻を鳴らして陛下は顎をしゃくり、痛みで動けない俺を示した。

「守護者は番に繋がっている。放ってやれば、ちゃんと番に辿り着くだろう」

「なるほど。ではそのように……」

暗い愉悦を含ませ、父は微笑みながら頷く。

俺はその様子を、ただ見ていることしかできなかった。

「お坊ちゃま、大丈夫ですか？」

乳母がベッドの横で心配そうにウロウロしている。

魔石を左胸に植え込まれたせいで、見た目の傷は塞がったとはいえ、すごく痛む。脂汗を浮かべてなんとか耐えていたものの、屋敷に帰ってきたところで意識をなくしてしまった。

それからずっと高熱に魘《うな》されている。

「旦那様、お坊ちゃまは大丈夫でしょうか？　こんなに高い熱がもう五日も下がらないなんて……」

ちょうど部屋に訪れた父に、乳母が縋《すが》る。

しかし父はそんな乳母を冷たく見下ろし、そしてその冷酷な視線を俺に落とした。

「放っておけ。熱は身体が魔石を拒絶しているせいだ。アデル、お前もいい加減に受け入れろ」

「――旦那様？」

王宮での出来事を知らない乳母は、その冷たい父の態度に信じられないものを見るような視線を向けた。

「医者は不要だ。どうせ役には立たん。水分補給を忘れなければいい」

そう言い捨てて、俺の側に来ることもなく立ち去っていった。

「なんということでしょう……。なんてひどい……」

言葉もなく父を見送った乳母は、ベッドの横に駆け戻ると涙を流しながら俺の腕を擦った。

下がらない熱は、俺の体力を少しずつ奪っていく。はぁはぁと荒い息の中、ジワジワ蝕んでくる魔石の力に必死に抵抗していたけど、それも限界を迎えつつあった。

――でも受け入れてしまったら、番を守れない。番を守るのは俺の定めなのに……

意識は霞《かす》み、泥の中を這いずり回っているように身体は重い。

もう、死ぬか、『番に害を与える者』に成り下がるかの二択しか道はないのか……

絶望に心が悲鳴を上げる。どうにもならない状況に、情けなくも涙を流すしかなかった。

その涙を乳母がそっと拭ってくれる。うっすらと目を開けると、彼女は意を決したような顔をして、首から何かを外した。

「お坊ちゃま、これを……」

その何かを俺の首に掛け、服の中に押し込む。よく見えなかったけど、ペンダントのようだった。

トップを飾る石が肌に触れた瞬間、熱を持って疼いていた左胸がすっと癒えるのを感じた。

「な、に……コレ？」

俺はそっと石を押さえて乳母を見上げる。彼女は年相応に刻まれた目尻の皺を笑みで深めて、優しく頭を撫でてくれた。

「神様からの贈り物ですよ。私の曽祖父はその昔、人族の国で神官をしておりました。どうやら治癒魔法を使えたようで、とても重宝されたと聞いています」

ベッド横にある盥《たらい》の水にタオルを浸して軽く絞り、汗が浮かんだ俺の額を拭う。

「ある時、曽祖父は神託を受けました。『膨大な治癒を必要とする時が来る』と。そしてその神託のあと掌の中にその石がいつの間にかあったのです」

ポンポンとあやすように、胸元にある石を叩く。

「かみさまのいし？」

「おそらくですが。この石にはなんの力もありません。曽祖父は試しに治癒の力を籠《こ》めたそうです。

そうしたらビックリするくらい力を取られてしまって、意識をなくしてしまったそうですよ」

「いしに、とられるの？　だいじょうぶ？」

急激な魔力の消費は命に関わるということは、幼子の俺でも知っていた。

「ええ、命に別状はありませんでした。それから曽祖父は毎日毎日、治癒の力を籠《こ》め続けたそうです。それが神託の意味だと思って」

曽祖父を思い出しているのか、乳母は懐かしげに目を細める。

「でも、なかなか石の魔力はいっぱいにならなくて。同じく治癒魔法を使えた祖父が引き継ぎ、そして父が引き継ぎ、そして私が引き継ぎました」

「ちゆの力、たくさんだね？」

「ええ、ええ、それはもう！」

ニッコリと微笑む姿は、本当に嬉しそうだった。

「その石がとうとう先日いっぱいになったんです。神様の意志に沿うことができたのですから、私は本当に嬉しくて」

しかし彼女は嬉しそうな顔から一転、困った顔になり、頬に手を当てて首を傾《かし》げた。

「ただこの治癒の力がいつ必要なのか、誰に必要なのか、全く分からないんです。だから……」

すっと真面目な顔になった乳母は、声を潜めて囁いた。

「お坊ちゃまに差し上げます。私も曽祖父の血を受け継いでいるから分かります。その左胸のモノ」

指が示す箇所は、あの魔石を埋め込まれた場所。俺は思わず右手でそこを覆った。

「ソレはよくないものです。お坊ちゃまの命を脅かす禍々しいモノ。だというのに旦那様は放っておくと決められた……」

俺の右手にそっと手を重ねる。いつも側にあった顔は慈愛に満ちていた。

「お逃げなさい」

「え？」

「ここから出ていくのです」

優しい声だったけど、言葉を発する姿は毅然としていて気高かった。

「だって、どこに行けば………」

「貴方は『知っている』はず」

目を見開く。この視線は、この声は、乳母であって乳母ではない……

「行きなさい。そうすれば出会える。出会ったら貴方にできる最善を尽くしなさい。そうすれば」

ふと言葉が途切れる。俺は思わず飛び起きて、彼女の腕を掴んだ。

「なに？　どうすればいいの？　おねがい、おしえて!!」

「――お坊ちゃま？」

キョトンと瞬《しばた》く彼女を見て、彼女の中にいた『誰か』がすでに去ったと確信する。

俺は彼女の腕を掴んでいた手をダラリと下ろして俯《うつむ》いた。

空竜紋が浮かんでから、すごくいろんなことが起きた。魔石を埋め込まれたし、高熱に苦しんだし、そして今。

みぞおちにそっと手を当てる。

魂に刻まれた俺の役割を、その時本当に理解した。

――知っている。分かっている。

俺は空竜の番に害を与える者になってしまったけど、その前に番を守るべき守護者なんだ。

「側に行かなきゃ……」

呟く声を乳母は聞いたはずだったのに、彼女は何も言わず静かに微笑んで見守ってくれた。

なかなか隙を見せない父の監視を掻い潜ってテスタント家を出奔できたのは、あの時からさらに一年が過ぎた頃。

まだ六歳と幼かったが、獣人特有の発育のよさもあり、これなら番を守れると判断した。

それに父が剛者の石を砕いたものを俺に飲ませて支配を強化しようとしたのも、出奔を決めた理由だった。

もしかしたら魔石を植え込んだ陛下には俺の居場所が分かるかもしれないと、家を出てすぐの時は行商の下働きをしながら様子を見ていた。しかしアスダイトの国が動く様子は見られなかった。

これなら番のもとへ行っても陛下にはバレやしない、と判断して、俺は守るべき人を捜すために行商の一行と離れることにしたのだった。

行商の一行から離れた俺は、てくてくと道なき道を進んだ。

アスダイト国が何かことを起こしている気配はなかったけど、それでなくても幼い子供の一人旅は不審に思われてしまう。

親はどこだと騒がれたら大変だと、わざと街道から外れて獣道を選んで歩いた。

この時期には木の実がたくさんあったから食べ物には困らなかったし、川に行けば産卵のために戻ってきている魚を捕ることもできた。

行商の一団にいる間に簡単な調理は習ったから、基本的に困ることはない。

寝る場所も、木の洞《うろ》を探し出し落ち葉を敷き詰めて快適に休むことができた。

むしろ嫡男としてテスタント侯爵家にいた時より、よほど快適に過ごしていたと思う。

ただ難点を上げるとしたら……

——寂しい、ということ。

仮にも侯爵家の跡取りだったから、周りには人があふれていて一人になることはなかった。

でも今は人を避けて歩くから、昼も夜もずっと一人。それが精神的に未熟な俺にはとても堪《こた》えていた。

だからだろうか。いつからか、やけにリアルな夢を見るようになっていた。

あどけなくて可愛いあの子が俺のもとに現れてくれる夢。

とても温かくて幸せな夢なのだ。

今日も木の洞《うろ》を寝床に、小さく丸まって寝る体勢を取る。うとうとしながら、今日もあの子に会えたらいいな……と願い、俺は夢の世界へと旅立った。

★☆

『ティティ、いる？』

気付いたら真っ白い空間に立っている。

上も下も右も左も、わからなくなりそうなヘンテコな世界で、いつも俺は彼が来るのを待っていた。

しばらくして、ぽにょん、と何とも気の抜けた音が響く。

音がしたほうを振り返ると、そこにティティが姿を現していた。

彼が壁のようなところ放り出された時の音は、あどけなく可愛いティティの登場に似合っていて、ちょっと口元が緩む。

『ここ、僕のあつかい、ヒドいの……』と不貞腐れるティティにバレると拗ねてしまうから、笑っていることは内緒だ。

『遅かったね、ティティ』

パタパタ足音を立てて近づくと、ティティは両手をついて立ち上がるところだった。

『あでぃ！』

俺に気付くと、嬉しそうに抱きつく。

その弾みで白とも灰色とも言い難《がた》い、少し青みを帯びた髪がひらりと舞った。グリグリと俺の胸元に額を擦り付けると、やがて満足したように宝石みたいに綺麗なコバルトブルーの瞳で見上げてきた。

『あでぃ、今日はケガない？』

『うん、今日は狩りをしてないから。木の実を取る時に、ちょっと棘《とげ》が刺さったくらい』

ちょっと舌足らずな喋り方が堪らなく可愛い。

大丈夫だよ、と掌を見せると、ティティはムッと唇を尖らせた。

『トゲ刺さるのも、ケガ！　貸して』

『ん！』と手が差し出される。素直に棘《とげ》が刺さったほうの手を差し出すと、ティティは俺の手を握りまじまじと眺めてきた。

そしてゴソゴソと懐を探り小さな瓶を取り出すと、コルクの蓋を取り、俺の指先に中身を塗り拡げていく。

『あでぃ、いたくない、いたくない』

呟きながら薬を塗り込み、そして納得がいったのか、曇りのない顔で笑った。

ティティの話では彼は孤児院にいるというが、なぜか随分と迫害されているらしかった。

僕は嫌われているから誰も名前を呼ばない、って寂しそうに言う彼のために、ティティって愛称を付けたのは俺だ。

彼が置かれている状況に憤りながらも、この場所では俺が彼を存分に甘やかしてあげようと思い、優しく頭を撫でた。

『さぁ、ティティ、木の実を持ってきたんだ。一緒に食べよ？』

どっかりと床に座り横を軽く叩いて促すと、彼は少しモジモジしながら腰を下ろした。

『いっぱい採ったから遠慮なく食べて？』

こくんと頷いて、手を伸ばす。

碌に食事も摂れていないのかティティは随分痩せている。夢の中で食べたものが身になるのかは分からないけど、少しでもティティの足しになれば良いな、と思った。

俺はいつの頃からか、ティティを助けたい、守ってあげたいと強く思うようになっていた。

ニコニコ笑いながら、木の実を摘まむティティ。

のんびりといろんな話をしながら、俺はティティと二人の時間を楽しみながら過ごすのだった。


木の洞《うろ》で、今日も一人目を覚ます。

俺にはもう分かっていた。

夢にいつも現れるあの子が、空竜の『番』なんだ、と。

★☆

ガラガラっと音を立てて、燃え残っていた家の残骸が崩れ落ちる。

その音で、俺ははっと我に返った。

——俺にはやるべきことがある。こんな所で呆けている場合じゃない。

自分自身を叱咤《しった》してその場から動こうとした時、その存在に気が付いた。

背後から俺を窺《うかが》うソイツは、警戒心を隠すことなく近づいてきた。

「——お前」

フランクにそう声をかけてきたが、随分戦い慣れているんだろう、こちらの攻撃がギリギリ届かない場所で立ち止まった。

なんの目的でここに来たのか分からない以上、迂闊《うかつ》な反応は見せられない。

あえて無視を決めこむと、少しムッとしたような声が響いた。

「ちょっとツラを、貸してくんない？」

ビリビリと声に含まれた威圧が俺を刺激する。

ふと、ソイツの身から懐かしい香りがすることに気付いて、俺は無表情のまま くるりと振り返った。

「——あんた、ティティの匂いがする」

黒い髪に黒い瞳で冷酷そうな雰囲気をまとうコイツに、あのティティが懐くはずがないのに。なぜこうもべったりとティティの匂いがするのか……

「——俺のティティは、どこ？」

「さぁ？」

少し小馬鹿にしたように肩を竦めてみせたヤツに苛立ちが募る。

俺はすっと目を細めて少し首を傾《かし》げ、次の瞬間、ヤツの胸部を突き抜かんと手刀を繰り出した。

反射的に上体を反らされて躱《かわ》されたものの、手刀がわずかにヤツの胸元に掠《かす》り服が破れる。

「てめぇ……」

胸元に流れる自分の血を見てヤツは殺意を放出し、鋭い爪を伸ばして襲いかかってきた。が、想定範囲内の攻撃なんて俺が食らうはずもなく、軽々と躱《かわ》して腹部に拳を叩き込む。

ヤツは避けられずに、モロにそれを食らって吹き飛んだ。

燃え落ちた家の脇に植わっていた木の幹に身体が叩き付けられ、ズルズルと地面に崩れ落ちる。

無様な姿を晒すヤツに素早く近づくと、足を持ち上げて容赦なく踵を振り下ろした。

バキン、と嫌な音が足裏に響く。

「つあ……っ‼」

肋骨と内臓がやられたのか、ヤツの顔が苦痛に歪む。ギリギリ唇を噛みしめて睨んでくる男に、ふっと口の端を上げて笑ってみせた。

「あんた、弱いね。俺に楯突く気なら、もう少し強くないと無理」

醜態を晒すヤツに、憐れむように優しい声をかけてやる。

「ティティの場所、教える気がないなら、死ねば？」

俺は掌に力を凝縮する。俺が何をしようとしているのか気付いたヤツは、一気に顔面を青褪めさせた。

その姿を薄ら笑いで見守る。

——お前が何者であろうと、ティティは絶対に渡さない！

殺傷力を高くした魔力の塊を放出して、ヤツにとどめを刺そうとした時。背後から慌てたような声が響いた。

「ちょっとアデル!!　火事なんて、大丈夫かいっ!?」

燃える家が見えたのだろうか、駆け寄ってきたのは近くの住人たちだった。

思わず手に凝縮させた力を散らし、足元で血を吐いて無様な醜態を晒す男を一瞥した。

自信満々で近づいてきた割に弱いと訝《いぶか》しむと、ヤツの耳にある平打ちのリング状となったシルバーのピアスが目に入った。

――なるほど。

理解した俺は、膝を軽く曲げて力を溜めると一気に跳躍し、その場をあとにした。

あの気配、アイツは魔獣人だ。

しかも主持ちの魔獣人。主人の許可がなければ、自分の力の全てを使うことはできない。

おそらく元の力はかなり強いのだろう。ただ今回は想定外の戦闘で、主に力の解放許可をもらっていなかったのかもしれない。

俺は人影もまばらな夜の街を駆け抜けながら思考を巡らせる。

魔獣人になるヤツらはそこらの魔獣と比べて桁違いに力がある。そしてそんな魔獣人を支配下に置けるほどの力を持つ者なんて、この世に数えるくらいしかいない。

そして、今この街に世界で一番の力の保有する種族がいるのだ。

「……空竜の配下」

ティティは空竜のもとにいるのか。

俺は足を止めて、貴族の屋敷が立ち並ぶ方角に目を向けた。

とある一角に強固な結界が張ってあるのが見て取れる。

「まだ、貴方に渡すわけにはいかないんだ、空竜」

俺は意を決して、小さく呟いた。

第二章

優しく髪を梳《と》く手を感じた。

その手は頬の感触を楽しむように、緩やかな手つきで撫でて顔に掛かる髪を払う。

そのまま指の腹を滑らせて耳に触れ、こめかみを辿って、伸ばしっぱなしの髪に戯れるように指を絡ませて、ゆるゆると梳《と》いていく。

飽くことなく、繰り返される穏やかな愛撫。

その穏やかな促しに応じて、僕は重い瞼をゆっくりと開いた。

「――目が覚めたね」

すっかり陽は落ちきったのか、部屋の中は暗くて、ベッドから少し離れた場所にある小さなテーブルに置かれたランプの火だけが頼りなげに揺らめいていた。

僕の頭の右側に手をついて覆い被さるようにしてこちらを見つめていた人外の美貌の持ち主を、僕はぼんやりと眺める。

「私が、分かる?」

囁く声は低く、とても静かだ。

もしかして……頭が痛くてたまらなかった僕に、気を遣ってくれているのかな?

「……はい」

小さく頷く。インパクトが強すぎて、この存在を忘れることなんてできないよ。

「もうすっかり夜になってしまったから、お腹が空いただろう？　体調が問題なければ、一緒に食べよう」

穏やかに微笑んでいる……ように見える。

何せ灯りが頼りないランプの光だけ。ゆらゆらと火が揺れる度にアスティアの彫りの深い顔に影が位置を変えて揺らめくので、その表情は曖昧になっていた。

「もしかして、待ってくださっていたのですか？」

言葉を選びながらぎこちなく問う。

だって相手は竜だから、半端者の僕が気軽に声をかけられる相手じゃない。

なのに彼は僕の言葉にしんなりと眉を顰《ひそ》め、心外と言わんばかりの表情を浮かべた。

「そんな他人行儀な言葉を使わないでくれ。貴方は私の大事な番。対等な立場なのだから」

僕の頬を掌で包み込む。

そして親指の腹で僕の唇を、形を確かめるようにそっと撫でた。

――対等な立場、か。

僕はその言葉にはあえて触れずに、曖昧に微笑む。

「待ってくださっていたのに申し訳ないのですが、あまりお腹が空いてなくて」

ベッドに寝転んだままアスティアを見上げていたが、僕は視線をずらして食事を断った。

アスティアやルゼンダと出会って混乱していた思考が、今になってやっとまともに動き始めた。そしてまともに動き始めた結果、アデルとの別れを思い出して軽い吐き気を催してしまったんだ。

僕は達成できなかった今日の目的を思い返す。

目的の街に向かうにはまた別の策を講じる必要がある。幸いなことにそんなに離れてはいないし、最悪四、五日も歩けば辿り着くはず。

今日は身体を休めて、明日出発すれば……

「ねぇ。私がいるのに何を考えているの？」

唇の感触を楽しむように動かしていた親指に、ぐっと力が入る。その指を口腔に捩《ね》じ込み、アスティアはさらに顔を寄せてきた。

「こんなに痩せているのに、なぜ食べないの？　貴方と共に暮らしていた男……アデル、だっけ。彼のせい？」

互いの鼻の頭が触れ合うほど、顔が近づく。

僕はかすかに恐怖を感じて動けなくなった。これはアレだ、『蛇に睨まれた蛙』。

「恋人だった人……と言ったね。別れたの？　夕方に泣いていたのは彼のせい？」

逃れる術《すべ》のない近距離で瞳を覗き込まれる。

「貴方をここまで弱らせたのは、ソイツ？」

夕焼け色の瞳から優しさが消え、冷え冷えとして感情を窺《うかが》わせない無機質な色へ変わる。

彼の追及に黙り込んでいるとふいにペロリと唇を舐められて、僕は飛び上がらんばかりに驚いた。

膨大な力を持つ竜も、大きな括りとして獣人の類に入る。なのに、この半端者の僕に躊躇《ためら》いもなく触れるだけじゃなくて、唇を舐めるなんて……

目を見開いて唖然とアスティアを見つめていると、彼はゆるりと微笑んだ。

「言ったよね、貴方は私の番だって。私は貴方が欲しくて堪らない。今だってすごく我慢している」

彼は顔を傾けて、指を突っ込まれて閉じられない唇に自分の唇を重ねてきた。ヌルリと、湿った感触と共に舌が唇を割って入り込む。

ちろちろと舌先で口蓋を擽《くすぐ》ると、驚きで縮こまる僕の舌に戯れるように絡めてきた。くちくちと密やかで淫靡な音が、静まり返った部屋に響く。

――こんな深い口づけ……

息が苦しくなってきて、窮地に追い込んでいる本人の服を助けを求めるようにギュッと掴む。それに気付いたのか、アスティアが喉の奥で笑った。

頬に当てていた手を離すと、服を握る僕の手を上から包み込む。

「――んぅ……っ」

そして容赦なく口腔内を蹂躙《じゅうりん》し始めた。

思うまま器用に舌を動かして、官能を刺激しまくる。飲み込めなかった唾液が口角からあふれてもその行為は止まらず、むしろ首をさらに傾け、奥へ奥へと蹂躙《じゅうりん》する範囲を広げていった。

「っ、……っ、ん……。は、ぁ」

洩《も》れ出る声に色が付き始めて、僕は恥ずかしくなって身を捩《よじ》った。

「ぁ……、ん……」

何かが堰を切って湧き上がってくる。一際強く舌を吸われて、ぞくりとした感覚が背中を這い上った。

「——っ!!」

嬌声は塞がれた唇に消え、僕はぎゅっと目を瞑り、堪らず熱を解放してしまっていた。

ちゅっ……と、軽い音を立ててアスティアの唇が離れていく。

僕は視線の定まらない目で、濡れて艶《つや》めく彼の赤い唇を追った。

「貴方が誰を想っていても、貴方が私の番であることに間違いはない。貴方の気持ちが私を向くように手を尽くすよ。だから貴方も……」

くいっと、僕の唇を親指で拭う。

「別れてしまったヒトではなく、私を見て?」

少し切なさを含んだ瞳を細める。

「さぁ、私の嫉妬はここまで。汚れてしまったね。まずはシャワーを浴びておいで」

丁寧に優しく腕を掴んで引き起こす。自然な仕草で流れるように肩を抱《いだ》くと、浴室の前に僕を誘った。

「あ、の……」

何か言うべきか……でも何を言うべきか……

口籠《くちご》もった僕の頭に、アスティアはぽんぽんとあやすように優しく掌を乗せて笑った。

「話はあとで。待っているから、さぁ、行っておいで」

扉を開けてトンと背中を軽く押す彼に、僕は振り返りながら視線を向けた。

「あ……りがとう、ございます」

一体なんのお礼なのか。

言った本人も漠然と掴みきれていない何かを、アスティアは理解してくれたようだ。ゆるりと口角を上げて笑みを深め、浴室に入る僕を見送ってくれた。

パタンと軽く音を立てて扉が閉まる。

その音で緊張の糸が切れて、僕は扉に背を預けてズルズルとその場に座り込んでしまった。

震える手で口元を覆う。きっと首まで真っ赤になっていると思う。

今までだってアデルと口づけしたことはある。だけど……

「……アレは違う………」

誰に見られているわけでもないのに、羞恥で視線が泳ぐ。

ぐっと瞼を閉じて、僕は頭を抱えた。

アデルは僕を大事にしてくれていた。でも、やっぱり生涯を共にする結婚となれば話は変わるのだろう。アデルは僕と結ばれることについて悩んでいた。

だってアデルは、僕と一度も——

ふるふると頭を横に振る。

こんなことを考えるのはアデルにもアスティアにも失礼だ。

愛し方が人によって違うのは当たり前。

アデルが僕とベッドを共にすることが一度もなかったとしても、僕に向けてくれた愛情が偽りだったことはないのだから。

「ふぅ……」

ため息をついてノロノロと立ち上がる。きっとアスティアは一緒に夕食を食べるために待っているんだろう。

手早く服を脱ぐと、熱いお湯で全てを洗い流すべく蛇口を捻った。


カチャリと微かな音を立てて扉の取っ手を引くと、ソファに座って本を読んでいたアスティアが音に気付きゆっくりと振り返った。

「少し大きかったね」

なんのことか分からずにキョトンと見返すと、彼は苦笑いして自分の襟元を指さした。その指先を見て、自分のそこを見る。

用意されていた服はさすがにサイズぴったりとはいかず、ボタンを上まで全部閉めてもまだゆったりと余裕があった。ゆるりとした首元から鎖骨が覗く。

借りた服に文句はなく、普通に着たんだけどな?

首を捻っていると、アスティアは近くのサイドボードから何かを取り出して、こちらに歩み寄ってきた。

「貴方は気にならないだろうけど、私には少し目の毒だな」

スカーフタイを首に巻いて綺麗に結ぶと、余りの布をシャツの中に押し込んだ。

「よし、これで見えない」

「え、ええと……？　ありがとうございます」

「いいえ、どういたしまして？」

アスティアの言葉の意味は分からないけど、あのままの格好がよくなかったみたい。素直にお礼を言うと、彼はおどけた様子で片眉を持ち上げて肩を竦めた。

「さぁ食堂に行こう。食欲がないのなら無理に食べる必要はないが、全く食べないのもよくないからね」

こくんと頷くと彼は頬を緩め、僕の腰に手を当てて当然のようにエスコートする。「手慣れてるなぁ」と思って見上げると、アスティアは「ん？」と小首を傾《かし》げた。

「あ、慣れてるなぁと思って。大人な男性って感じがします」

「――そんな大人に惚れるつもりは？」

「……すみません」

思わず俯《うつむ》き気味になって謝ってしまう。

僕もずっと獣人の国に暮らしていたから知っている。番は、生涯を懸けて捜したとしても絶対に見つかる保証はなく、でも見つかればこの上もなく幸せを与えてくれる運命の存在なのだ。

大抵の獣人は、お伽噺にしか番は存在しないと考えて、気の合う相手を伴侶として迎える。

でもごく稀に、伴侶を得たあとに番が現れる場合があり、その場合のみ、一夫一妻制のこの国で第二夫人として番を娶《めと》ることができるのだ。

もしくは、互いの意見が合えば『番離婚』ができる。これは伴侶を手放して番を娶《めと》ること。伴侶だった人は、今までの婚姻期間がなかったことになり、新たな相手を見つけることができるというもの。

法を整備して番を守るほど、その存在は得難《がた》く尊いものなのだ。

アスティアは僕を番と認識していて、まだ出会って間もない僕を大事にしようとしている。

なのに、僕は彼を運命の相手と感じることができない。……やっぱりそれは僕が半端者だからだろうか。

今の僕の気持ちはまだアデルに向いていて、別れたからといってすぐに別の誰かにって切り替えることはできない。

だからこそ、余計に申し訳なかった。

「貴方はいろいろと考えすぎるようだ」

そんな僕の様子を黙って見守っていたらしいアスティアが小さく笑った。

「ちゃんと分かったら説明するけど、私の番である貴方に誰かが何か良くないことをしたのは間違いない。それはたしかに問題だけど、大事なのは番である貴方と私が出会えたことだ」

本当は嬉しいはずの彼の言葉にも、違和感ばかりが募っていく。何も答えられない僕を見ているアスティアの瞳に、切なそうな光が揺らめいた。

「何かに引け目を感じる必要はない。悔しいことだけど、竜の番がなんたるかを知らずに育ったのなら、貴方が誰か別の者に好意を持ってもおかしくはない」

「貴方の番、なのに？」

「私の番でも。だからお願いだ」

ふと足を止めて、アスティアが僕と向かい合うように立つ。浮かべていた柔らかな笑みを消して、まっすぐに僕を見つめた。

「さっきも言ったけれど、好意を持ってもらえるように私が努力することを許してほしい」

真摯な様相に、僕は俯《うつむ》いていた顔を上げてアスティアを見た。

「そして何より、引け目や劣等感が理由で、何も言わずに私のもとからいなくなるのだけはやめてほしい」

そろりと手を伸ばし、頤《おとがい》を持ち上げる。

「ようやく出会えたのにいなくなってしまったら……」

不意に口を噤む。

「もし、いなくなったら？」

「……私はきっと絶望して、この世を滅ぼしてしまうだろうね」

だってその力はあるのだから。そんな声が聞こえた気がした。

ふ、と笑うと、アスティアは僕を促して歩みを再開させた。

……僕が急にいなくなったら、アデルも苦しむのだろうか？　でも彼にはレスカがいるのだ。

アデルのために、そして自分の心を守るために出ていこうとしたのに。

「もしかして僕は間違ったのかな」

ポツンと呟く声に、アスティアは一瞬視線を僕に向けたようだったけど、何か言うこともなくそのまま歩を進めるだけだった。

そして食事の席へと着き、僕は再び豪奢な椅子へ座る。

そこでルゼンダから衝撃の事実を聞くことになった。

「パーティメンバーのカイトとレスカは遠征先で死亡。そして君が住んでいた家は、火事で全焼してたよ」

言葉もなく目を見開いた僕に、ルゼンダは迷う素振りもなく淡々と告げた。

「君のアデルは、現在行方不明となっている」

「……え？」

ルゼンダの言葉を受け止めきれずに、思わず僕は狼狽《うろた》えてしまった。

「アデルが行方不明って、どうして？」

行方不明っていつから？　だって彼とは僕、昼に会ったのに……

「詳しくはまだ調査中だってさ」

ルゼンダは真っ黒な瞳になんの感情も浮かべずに、チラリとアスティアに視線を流して、そして改めて僕を見た。

「ただアデルには、パーティメンバーを殺した容疑がかかってる」

「そんなの嘘だ！」

思わず僕はダイニングテーブルに激しく手を叩きつけて立ち上がる。

「アデルはっ！　だってアデルは、メンバーを大事にしてたんだ！　そんなのあり得ない！」

「さぁ、俺にはそんなにあり得ない状況には見えなかったけど。疑われるだけのものはあったよ」

「な――」

「知ってる？　アデルって男、遠征に出たと思ったら一ヶ月経った頃に独断で依頼を破棄して、仲間たちを置いて行方を眩《くら》ましたらしい」

「いっか、げつ」

出発して一ヶ月、アデルに何か変化があった？

「……あ」

じっとテーブルに視線を落とす。手紙の内容に仲間のことが全く書かれなくなっていた、あの頃だ。

「ティティに会いたい」って言葉もなくなって、僕はアデルの気持ちがレスカに向き始めたんだと思っていた。

それが違うというのなら、僕が家を出る直前にアデルは何を話そうとしていたんだろう？

「ティティ」

アスティアが僕の手に自分の手を重ね、穏やかな声で語りかけてきた。

「長く共にあった存在だ。混乱するのも当たり前だと思う。だけど」

彼は身体を傾けて下から覗き込む。綺麗な夕焼け色の瞳には優しさが含まれていて、心底僕を気遣ってくれているのが分かった。

「そのアデルが、このことにどう関わっているのか分からない以上、注意が必要なのは分かるね？」

「……僕」

「彼の所在は、今私の手の者に探らせている。不安だとは思うけど、貴方はここで待っててくれないか？」

僕は唇を噛みしめて、でも小さく頷いた。

なんの力もない僕にはアデルを捜す術《すべ》がない。そもそもアデルを置いて出てきたんだから、捜す資格すらないかもしれない。

――なんて無力なんだろう……

情けなくて身動き一つできなくなった僕を、アスティアは静かに立ち上がって抱きしめてくれた。

「食事どころではなくなったな。もう部屋で休む？」

コクリと首を縦に振ると、アスティアは身を屈《かが》ませてひょいっと僕を横抱きにする。

落ち込みすぎて何も言えない僕の頭をそっと抱き寄せると、胸元に押し付けて額に口づけを落とし、スタスタと部屋に戻るべく歩き始めた。

「――ティティ」

アスティアの低く心地いい声が名前を呼ぶ。ぴくんと肩を揺らすと彼は廊下の途中で足を止め、ひどく優しい仕草で自分の額を僕の額にくっつけて瞳を閉じた。

「泣きたければ泣いていい。不安なら叫んでいい。誰かが憎いのであれば、心の底から憎んでいい。どんなティティでも、私が貴方を見限ることはない」

呟く声は慈愛に満ちていて、深淵に沈みかけていた心に優しく響く。

「私の番は本当に我慢をしすぎるね」

ふわりと花が綻ぶように微笑む。

この人は、なんでこんなに僕に優しいのだろう？

どんな僕でもあっさり受け入れてしまいそうなアスティアに心が揺れてしまう。僕はぎゅっと目を閉じ、アスティアの胸元の服を握りしめて涙を隠すのが精一杯だった。

さっきまで寝ていた部屋に戻ると、アスティアはそっと僕をベッドに横たえて上掛けで包み込む。

そして僕の横に転がると、掛物ごと僕を抱きしめた。

「信じられない。私の腕の中に番がいる……」

ほぅ……っとため息と共に吐き出される呟き。アスティアは僕の頭を胸に抱えて、すりっと顔を髪に埋《うず》めた。

「ねぇ、ティティ。どうせ眠れないだろうから、少し話をしようか」

アデルのことで全く眠れる気がしない僕に、アスティアはそんな提案をしてきた。

「番とはいえ今日出会ったばかりだし、互いを知る一歩ってことで、どう？」

こくんと頷くと、彼は髪に口づけを一つ落とした。

「ティティとアデルは孤児院で出会ったの？」

「そう、ですけど。あの……」

意外な質問に口籠《くちご》もっていると、アスティアはするりと僕の頬を指で撫でて続きを促した。

「僕を番だと言いましたよね？　アデルの――他の男の話なんて不愉快じゃないんですか？」

「ああ……」

なんでもないように、アスティアは笑った。

「この部屋で言っただろう？　嫉妬はここまでって」

「でも……」

「まぁ正直に言うと、ティティが恋人の話をした時は随分気が動転したけどね。でも今ここに貴方がいるんだから、それでいいと思ってる」

穏やかな表情で淡々と話す様子に僕は首を傾《かし》げた。

獣人にとって番というのは大事なものだけれど、竜にとってはそうでもないのかな？

それほど執着しているようには見えなくて、僕は思わず口を開いた。

「番なのに、他の人を気にしても気にならない？」

「すごく気になるよ。空竜の番に対する執着は凄まじいんだから」

「なのに、許すの？」

「違うよ」

抱きしめる腕に、わずかに力が籠《こ》もる。

「今は分が悪いって思っているだけ。絶対に貴方は私のほうを向くようになる。いや、向けてみせる。でも今は……」

囁きはトロリと甘く、そして少し切なさを含んでいた。

「不安で脅えている貴方を、存分に甘やかしたいだけ」

きゅっと頭を抱き込まれ、アスティアの胸に押し付けられる。

トクトクと響く彼の心臓の音はどこまでも優しくて、存分に甘えていいのだと僕に告げてくる。

囁く声は穏やかだけど。でもたしかに感じることができたアスティアの執着心に、僕は僕自身を求められる心地よさを感じた。

僕は強張《こわば》らせていた身体から力を抜いて、そっとアスティアに身を任せ、目を閉じた。

★
☆

ふと目を覚ます。開けた窓から入り込む風がレースのカーテンを揺らして、柔らかな朝日を室内に呼び込んでいた。

穏やかな光は腕の中にある私の宝物にも降りそそぎ、その存在を神々しいまでに輝かせる。

私は腕の中にある温もりに、思わず顔を綻ばせてしまった。すうすうと穏やかな寝息を立てて眠る愛しい人。

ようやく出会えた彼は、まだ私に対して怯えや緊張を抱《いだ》いているようだ。

それでも昨夜はわずかながらも緊張を解いて、私の腕に身を委《ゆだ》ねてくれた。そして今なおぐっすりと眠っている。

柔らかな月白色の髪に唇を寄せ、祈るような気持ちで口づけた。

「大切に、大事に守ってあげるから、安心してこのまま私に身を委《ゆだ》ねていて」

囁くようなその声が聞こえたのか、ティティはもぞりと身じろいだ。じっと見つめていると、今にも目を覚ましそうだ。

でもまだ私に対して気を許しているわけではないから、こんな風に見つめていたら警戒してしまうかもしれない。

ティティを驚かせないようにと、思わず瞳を閉じて寝たふりをしてしまった。

その直後、「あ」という小さな声が聞こえてくる。そのままじっとしてティティの気配を窺《うかが》っていると、やがて彼は私の顔に指を当てて戯れるように撫で始めた。

私の唯一が触れてくれることが嬉しくてしばらく好きなようにさせていたけど、どうにも擽《くすぐ》ったくなって思わずその手を握り込んでしまった。

今、彼はどんな表情をしているんだろう……

気になって我慢できなくなり、ゆっくりと目を開けてみる。

「ティティは意外に悪戯《いたずら》が好きだね」

突然瞼を開いた私に、ティティはまだしっかり目覚めていない、ぼんやりとした表情でぱちくりと瞬《しばたた》いた。

その愛らしさに笑みを浮かべつつも、どうしようもなく彼が欲しくて飢えた気持ちになってしまう。

――そんなに無防備な姿を私に見せないで、ティティ。

自分を抑えることができなくなりそうだ……

そんな邪な気持ちを抱《いだ》く私に対して、彼はふわりと花が咲くような優しくも甘い微笑みを見せてくれた。

「アスティアの、キレーな目、僕は好き」

予想外の言葉に、思わず動揺して肩を揺らす。

まじまじとティティを見つめている間に、彼は再び夢の世界に旅立ってしまった。

え？　す……き？　って、「好き」？

ようやく頭が言葉の意味を理解した時、一気に顔が赤くなるのが自分でも分かった。

ダメだ……。これは、本当にダメだ……

どうにも表情が取り繕えなくて、誰が見ているわけでもないのに掌で自分の顔を覆ってしまう。

ぷるぷると知らずに肩が震える。

「小悪魔……こんなの、可愛すぎるに決まってるだろう」

番の可愛い不意打ちに、成す術もなくただ身悶えるばかりだった。

そんな朝の一幕から少し時が経った。

今日は朝からステリアース王と会う予定になっていた。

離れ難《がた》い気持ちを抑えてティティの額に口づけ、起こさないようにそっとベッドを抜け出す。

音を立てないようにしながら扉を開けて隣室へ向かうと、すでにルゼンダが待機していた。

私の身支度を手伝いながら、にやにやと人の悪い笑みを浮かべている。

「なんかご機嫌だな、アスティア。昨日までは国王なんぞに会いに行くのを面倒がっていたくせにさ。なんかいいことでもあった？」

「……煩《うるさ》い」

浮かれている自覚がある分、ルゼンダの揶揄《からか》うような視線が煩わしい。

あえて答えずに、無表情を保ちながらヤツを一瞥した。

「ティティには休息が必要だ。ゆっくり寝かせておいてくれ」

「了解」

上着に袖を通しながら、窓から見える王城に視線を流す。

「さて。私の宝玉を後天性獣人と責め苛んだ国の主でも見に行くか」

洩《も》れ出た呟きを聞き取ったのか、ルゼンダは同じように視線を窓に向け、片方の口角を持ち上げて皮肉げに笑った。


「これは空竜殿！　よく来てくれた！」

グリズリーの獣人であるステリアース王は、その体格に似合わない素早さで王の私室に通された私のもとに駆け寄ってきた。

王はグリズリーらしく縦横ともに大きく、私を遥かに凌駕してガッシリとしている。

黒灰色の髪は短く、黒い瞳は油断なく光ってこちらの反応を窺《うかが》っており、一国の王というよりは百戦錬磨の傭兵王といった風貌だ。

他者をその存在感で圧倒する国王ではあるが、それでも竜には敵わない。

本来、国王との謁見はそれ専用の広間で行われる。しかし竜だけは、地位は国王と並ぶものの、圧倒的な力を保有する強者として遇されていた。

「朝から来てもらってすまない！　世にも名高い空竜殿が我が国に来られたとあっては、是非にも挨拶がしたくてな！」

上等なソファに腰を下ろすと、ステリアース王は満面の笑みを浮かべて捲《まく》し立てる。

その姿を見て、私は彼に冷ややかな視線を向けた。

おそらく昨夜のうちに、この国で私の番が見つかったとの報告を得たのだろう。

竜の番の生国は、その竜に優遇される。竜の中で最も力を持つ空竜の番ともなれば、それによって齎《もたら》される計り知れないほどの防衛的、経済的効果を国王が期待するのも無理はなかった。

揉み手せんばかりの勢いを見せるステリアース王に、私は冷めた声をかけた。

「私はただこの国を訪れただけだ。挨拶を受ける謂《いわ》れはないな」

「はは、またそのようなことを！　聞きましたぞ、番殿が見つかった、と」

得意げに口角を吊り上げて笑う姿は不愉快でしかない。

私は無表情のまま国王を見つめた。

「私の番が見つかったことと、お前に何の関係が？」

「ご冗談を！　ぜひこの国を番殿の生国として――」

「私の番は」

待ってましたとばかりに要求しようとする国王の言葉を途中で遮る。

私の態度が気に障ったのか、形だけの笑みを浮かべたまま、王はピクっと太い眉毛を不快げに顰《ひそ》めた。

「この国で後天性獣人としての扱いを受けていたようだ」

「………は？」

さすがに昨日の夜の出来事だから、そこまで詳しい報告はなかったのだろう。

ステリアース王の吊り上がったままの口角がひくっと歪む。

「ここの国教は後天性獣人を獣人として認めない。祀《まつ》る神がその存在を否定するため、民もその存在を認めないそうだな」

「いや、それは……」

「存在しないはずの者の生国とは、これはまた不思議な話をするものだな」

さすがは一国を担う立場にいるだけあって、ステリアース王は表情を変えることはない。が、その額には隠しようもない汗がジットリと浮かんでいる。

この国で後天性獣人の置かれた環境がどれほどひどいものか、ここを統治するこの男もよく知っているはずだ。

「――なぁ、ステリアース王」

目を眇《すが》めてその視線に殺意を籠《こ》めると、王はもう表情を保つことができず、ブルブルと巨躯を震わせ始めた。

竜の番の生国は優遇される。しかし逆に、その番を苛み存在を脅かした国がどうなるか。

竜の逆鱗に触れて滅した国のことを、目の前の男が知らないわけがない。

私はステリアース王の無様な姿を一瞥すると、ゆったりとソファから立ち上がった。

部屋を出ようと足を進めて、ふと王の脇で足を止めた。

「私の番に関わった人間の、ありとあらゆる情報を報告せよ」

ビクリとステリアース王の背中が揺れる。

「その結果次第で、この国の存続の有無も決まるだろうな」

返事を聞くまでもない。

私は吐き捨てるように告げると、そのまま振り返ることなくその場をあとにした。

★
☆

ぱちりと目が覚めた。

と同時に真上からルゼンダが顔を覗かせていて、にやにやと人の悪い笑みを浮かべつつ挨拶してきた。

「おはよー」

「――おはよ……？」

「昨日は随分落ち込んでたみたいだから寝れてないんじゃねーの？　って思ったらまさかの爆睡？」

ぱちぱちと目を瞬《しばた》かせる。窓から見える陽はかなり高い位置にあって、自分が寝過ごしていたことを知り、慌てて起き上がった。

「わ、ごめんなさい！　今、何時!?」

「べっつに時間気にする必要はねーよ。つかむしろ気にすんな。寝かせとけってのがアスティアの希望だし。……で？」

　興味津々とばかりにベッドの端に腰を下ろしたルゼンダは、じぃっと観察するように僕を眺めた。白皙《はくせき》の美貌の男は、今や面白いことを見つけた子供のようにわくわくしている。

「朝からアスティアがご機嫌だったわけ。二十ももう後半の男がスキップでもしそうな勢いでさ。何があったのかなーってね」

「え？」

　朝に何かあったっけ？

　うーんと首を傾《かし》げていると、頭の片隅にふわふわと曖昧な夢の一場面が思い浮かんできた。

　たしか澄んだ朝の気配に促されて、眠気でふわふわした思考のまま、僕は一度目を覚ましたはず。

　すると目の前に作り物のように美しい顔があった……と思う。

　――アスティア。

見事な黄金比で納められた各パーツは、しかし瞳が閉じられていることで完成されず、それゆえに余計に作り物めいた印象だった。

鼻筋に空色の髪が掛かっていることに気付いて、そろりと指を伸ばす。指で形のいい鼻筋を辿り髪をそっと払うと、そのまま指を頬に這わせた。

戯れるような、擽《くすぐ》るような、特に目的もなく指を遊ばせていると、不意にきゅっとその手を握り込まれた。

『ティティは意外に悪戯《いたずら》が好きだね』

ぼんやりと眺めているとその瞼がゆったりと持ち上がり、夕焼け色の瞳が現れる。

僕だけに見せてくれるあふれんばかりの優しさと、トロリと滲《にじ》む甘さ、そしてほんのちょっとだけ飢えたような獰猛さを覗かせるこの世に唯一の眼差し。

僕は無性に嬉しくなって、夢の中の彼に向ってヘラリと笑ってみせたんだ。

『アスティアの、キレーな目、僕は好き』

再び襲ってくる眠気に瞼が重くなってしまい、「もっと見ていたいのに……」と残念に思いながら眠ってしまった――そんな夢を見た気がするけど。

でも、あれは夢だったはず。

そう思ってキョトンとしていたら何かを察知したのだろう、「あー……」と低い声を出してうんうんと頷く。

「まぁアイツも随分長いこと番に会えなくて、いろいろ拗《こじ》らせてるしなぁ。些細《ささい》なことで浮かれるほど喜べるなら放置でいっか」

「ルゼンダ？　――あっ」

意味がよく分からない呟きに思わず声をかけて、はっと口を押さえた。

「どうした？」

僕の様子に、ルゼンダが片眉を上げて怪訝な表情になる。

「すみません、僕、随分馴れ馴れしい言葉遣いをしていました」

ぺこりと頭を下げると、彼はぱかりと口を開けて「マジか！」と言い、焦り始めた。

「やめて。ティティが俺にそんなことしてるのをアスティアが見たら、俺、粛清されちゃう」

「はい？」

アスティアはあんなに優しいのに、なんで粛正なんて物騒な言葉が出てくるんだろう？

小首を傾《かし》げる僕に、ルゼンダは真面目な顔に冷や汗を浮かべて、ぴっと人差し指を立てて見せた。

「いい？　俺には敬語禁止、謝罪禁止、お願い禁止、で。お願いはアスティア限定で。可愛～くおねだりしてやって」

「え？」

僕がアスティアに何かをねだる日なんて来ないと思うけど……。ルゼンダの言葉の意図が分からなくてぱちぱち瞬《しばた》かせる。そんな僕に彼は口をへの字に歪めた。

「俺はアスティアの部下ね。上司の奥さんが、部下に敬語とかねーわ」

「はぁ……。じゃアスティア、様には分をわきまえて、ちゃんと敬語使う、ね」

「マジでやめて。旦那より俺とのほうが仲良さそうとか思われて、惨殺される未来しか見えない」

「そうなの？」

「そうなの！」

力強く言い切った。なんかもう難しい。

孤児院では『半端者は底辺だから、誰に対しても丁寧に』って習ったし。

首を捻る僕の髪を掻き混ぜるようにわしゃわしゃ撫でると、ルゼンダは口の端でふっ、と笑った。

「ま、慣れだな、慣れ。俺も命が惜しいから、早く慣れてくれ。さ、起きれんなら、メシ食いにいくぞ」

「あ、うん、分かった」

「あ！」

ひょいっと勢いを付けて立ち上がった彼は、「そうそう」と振り返った。

「今、俺らのほうで全力でアデルを捜してるから、心配すんな。とは言っても、もう少し時間かかりそうだから」

両膝に手を着いて身を屈《かが》めて、僕を見上げる。

「しばらくの間、俺がティティの教育担当になったから、よろしく」

ふいに出てきたアデルの名前に、ズンと石が乗ったように胸が重苦しくなる。きゅっと眉間に皺を寄せて俯《うつむ》いてしまったけど、アスティアもルゼンダもアデルを捜しだすと約束してくれた。

なら僕は、今自分がやれることを頑張るべきだと思う。

そしてそのやるべきことは、逃げ出すことじゃないし、後悔に塗《まみ》れて身動きが取れなくなることでもない。

ちゃんと物事を見極められるようにすることで、そのためには知識が必要だと思う。

僕は顔を上げると、ルゼンダの真っ黒な瞳をしっかりと見つめた。

「よろしくお願いします、ルゼンダ先生」

「……やだ、可愛すぎ！　小悪魔がすぎねぇ？　俺、殺されちゃう……」

少し頬を赤らめながら物騒なことを呟く彼に疑問を浮かべつつ、決意を新たにした僕は食事に向かうべくベッドから出て身支度を始めた。


ルゼンダに案内されて食堂へ向かうと、食堂の扉の前に控えていた従者らしき人が恭《うやうや》しく中へと案内してくれる。

今までこんな丁寧な扱いを受けたことがないから、緊張してしまう。

足を踏み入れた食堂は大きな窓から陽光が射し、僕とルゼンダだけが使うにしては大きすぎるテーブルが真ん中に置かれていた。そして当然のように壁側には侍女らしき人が数人並んで控えている。

この国の人は『半端者』が同じ空間にいることを嫌うんだけど、大丈夫かな。

変な緊張で顔を強張《こわば》らせていると、ルゼンダが思い出したように尋ねた。

「そういや、すっげぇ今さらだけど、メシ食えそう？　アスティアからはティティがあんまり食欲ねーみたいって聞いてたんだけど」

「あ、うん、大丈夫」

昨日、僕が食欲ないって言ったから気にしてくれたんだって思うと、ちょっと嬉しい。

少し緊張を解いて微笑むと、ルゼンダはじっと窺《うかが》うように僕の顔を見つめた。

そしてチラッと壁側を一瞥すると、僕を見て微笑んだ。

「空竜の番であるティティは、この屋敷ではアスティアと並んで一番偉いんだからな。アイツらを気にする必要ないぞ」

「えっと、うん」

僕が頷くと、ルゼンダは「さぁ食べようぜ」と言って、テーブルに置かれた山盛りの肉を勢いよく食べ始めた。

僕の分の食事はしっかり配慮してあって、軽めにスープと卵料理とサラダが置かれている。

「いただきます」と食べ始める。久し振りに食事を美味しく感じた。

しばらく食事を堪能していたけど、少し思考に余裕ができると、そういえばアスティアはどこに行ったんだろうと気になってしまった。

「アスティア、は、どこかに出かけたの？」

呼びにくい。非常に呼びにくい。

雲上人にも等しい空竜様をまさかの呼び捨て。もういたたまれない。

そんな思いをぐっと堪えて聞くと、ルゼンダはにやにやしながら口パクで「が・ん・ば・れ！」

と揶揄《からか》ってるのか励ましてるのか分からない応援を寄越してきた。

「もう……」と少し不貞腐《ふてくさ》れていると、にやにや笑いを引っ込めて、ルゼンダがチラリと窓の外に視線を向けた。

つられて目を向けると、窓の向こうにはこの国の王城が鎮座していた。

「あそこへ？」

「そ。国王がぜひとも空竜様にご挨拶をってさ。挨拶ならテメェが来いってブツクサ言いながら、朝のうちに出てった」

「文句言うのに出向いたんだ？」

「そりゃあ、な」

ポイッと口に肉を放り込む。もぐもぐと咀嚼しながら、ナイフで行儀悪く王城を指し示す。

「自分の大切な番を、半端者って苛んだヤツらのトップの顔くらいは拝んでおきたいじゃん」

その言葉の節々にちょっと不穏な気配を感じて、僕はそれ以上突っ込んで聞くことを諦めた。食事を再開させながら、そっとルゼンダに視線を流す。

彼は何者なんだろう。

アスティアの部下だと言ったけど、見た目には獣人の特徴が全くない。じゃ僕と同じ半端者なのかというと、それは違うと本能が告げる。

「なに？」

僕の視線に気付いたのか、彼は食事の手を止めた。聞いてもいいものかと悩んでいると、察知したのか「ああ、そっか」とカトラリーをテーブルに置いた。

「俺のことが気になる？」

「えっと、うん。ごめん」

「謝ることじゃないさ」

肩を竦めながらすっと片手を上げると、部屋に控えていた使用人たちがササッと退室していった。

「秘密、ってほどじゃないけど、あまり大っぴらに言うことでもないから一応な」

気まずい気持ちで彼らを見送る僕に、ルゼンダは言う。やがて全員が退室して扉が閉まる音が聞こえると、ルゼンダは語り始めた。

「俺は魔獣人なんだよ」

「魔獣人？」

「そう。魔獣って基本知恵がないって言われてんだろ？　だけどたまに俺みたいに頭を使うことができるヤツが生まれてくるんだわ。そういったのが生存競争に勝ち残って長く生きれば、人型になるって言われてる」

「初めて聞いた」

驚いてまじまじとルゼンダを眺めると、彼は苦笑いをこぼした。

「魔獣が人型になれるって知れ渡ったら、パニックになるじゃん？　街に紛れ込むんじゃないかって。だから公にはしてない」

「公言しないほうがいいってことだね？」

「まぁ、そうだな。痛くもない腹を探られんのもムカつくし」

「分かった。僕も気を付ける」

「ああ」

愉快そうに目を細めていたルゼンダだったが、ふいに悪戯《いたずら》げに口端を上げる。

「俺がなんの魔獣なのか分かる？」

「え？」

分かるわけがない。

人への毒を持つ魔獣の実物を見た回数は少ないし、見たのも西の森にいる小型種ばかり。さすがにそんな小型種ではないことはわかる。

改めてルゼンダを見てみる。整った綺麗な顔ではあるけど、その白い肌と真っ黒な髪という色彩のためか、真顔の時はちょっと冷たい印象を受けて取っ付きにくい感じがする。

それに普段こそ抑えてるみたいだけど、ふとした拍子に見せる仕草は凶猛な面があって、絶対的な力を持っているのが窺《うかが》えた。

そして空竜の側にいる、ということは、飛べる魔獣ということになる。つまり――

「もしかしてワイバーン？」

「へぇ……。当たり。なんで分かった？」

「ん、なんとなく？」

全体的に色味が黒っぽいワイバーンに似ていたっていうのもあるけれど。

「ふーん……」

ルゼンダは僕の回答を聞いて頬杖をつく。そして面白そうな顔で僕をじっと見つめた。

「ティティは俺が怖くない？」

「え、なんで？」

ルゼンダは優しいのに、怖がる必要が？

首を傾《かし》げていると、ルゼンダは一瞬キョトンとした顔になって、すぐに「あははは」と大笑いし始めた。

「いや、ティティはイイね」

「え？」

「うん、俺がティティを気に入ったってこと」

「僕もルゼンダのこと、わりと好きだよ？」

何かが通じ合ったのか、通じ合っていないのか。にっこり微笑み合っていた時。

「へぇ…………」

地底から響くような低い声が聞こえてきた。

驚愕と畏怖でビクリと肩が震える。

二人して声の方向へ振り返ると、そこには不機嫌そうなオーラを醸し出して、食堂の扉に無表情で凭《もた》れるアスティアがいた。

「――やっべ……」

その隠してもいない不機嫌さを見て、ルゼンダは顔を強張《こわば》らせていた。

対する僕は、緊張のあまり上ずった声を出してしまう。

「ア……アスティア様、おかえりなさい！　今、ルゼンダにお話を聞いてて……」

ピクリとアスティアが眉を顰《ひそ》める。その表情の変化に、とっても不穏なものを感じるんだけど……

「……アスティア『様』？」

「「あ」」

「『ルゼンダ』？」

「「………」」

「私が少しこの場を離れた間に、貴方たちは随分仲良くなったようだな」

背後に暗く悍《おぞ》ましい気配をまとうアスティアに、僕とルゼンダはそっと目を見合わせて、そして無言でソロリと視線を外した。

「――詰んだ」

小さく呟くルゼンダの声を聞いたような気がした。

★
☆

椅子に座りペラペラと本を捲《めく》る。

たくさんの本に囲まれたこの部屋は屋敷にある書庫。静かで落ち着いていて、そして不思議と懐かしい気持ちになっていた。

食堂で不機嫌だったアスティアと顔を合わせたあと、彼は僕にここで待つように言って、心底嫌そうな顔のルゼンダを引き連れてどこかへ行ってしまった。

不意にできてしまった一人の時間。

書架から気になるタイトルの本を一冊引き抜き、手頃な場所に腰を落ち着かせて読み始めた、というわけだった。

孤児院では、仕事を探す時に有利だからと読み書きを教えていた。

僕はいつも雑用を押し付けられてたから授業に参加できなかったけど、アデルがみんながいない時を見計らっていつもこっそりと教えてくれたんだ。

寒い日は同じ毛布に包まって互いを温めながら、暑い日は孤児院の屋根によじ登って涼を取りながら、二人で本を覗き込んではクスクス笑いページを捲《めく》ったのを覚えている。

ふと子供の頃を思い出して懐かしくなった。

ずっとアデルと一緒に育ったから、思い出の風景には必ずアデルの姿がある。

ふっくりとした尻尾をゆらゆら揺らしながら、あふれんばかりの愛情を湛《たた》えた黄金色の瞳で僕を見守ってくれた人。

理不尽に鞭打たれることが多く、痛く辛い記憶ばかりの孤児院で、楽しい思い出はいつもアデルと一緒のものだった。

「……あれ？」

ふと疑問が湧き上がる。自分の胸に手を当てて首を捻った。

——なんで懐かしいんだろう……

つい今朝まではアデルのことを想う度に苦しくて、思い出にも蓋をしたいくらいだった。たしかにもう逃げ出さない、後悔しないと決めたけど、だからといってアデルと離れることを決意するに至ったあの三ヶ月間を忘れることはできない。

それくらい辛い気持ちを抱えていたのに。今、胸にある想いは『辛い』や『寂しい』ではなく『懐かしい』『幸せだった』。

そしてアデルに対しては『大好きだった人』と。

——なんでもう、思い出になろうとしているの？

「まさか、番が現れたから？」

そんなことってあるんだろうか？

神が定めた運命が現れたら、別れてなくても好きだった人への気持ちは薄れて、番を恋い慕うようになっちゃうの？　それって、僕の本当の気持ちって言える？

僕はたしかにアデルが好きだったのに。

今までたしかに心にあった想いの形が急激に定まらなくなって、端からポロポロ崩れていくのが分かる。

——運命だから？　でも、そんなのって……なんか……

「操られているみたいで、怖い……！」

記憶にあるアデルが、どんどん過去になる。

そんな馬鹿な……。嫌だ！　僕は、アデルが——っ!!

「——……っ、ティティ!!」

ガシッと肩を掴まれて、ビクンと身体が跳ねる。

強張《こわば》る身体でぎこちなく振り返ると、血相を変えたアスティアが肩を強く掴んでいた。

額から滝のような汗が滴《したた》り落ちる。

「っは……はぁ……っ、ぁ………」

詰めていた息を吐き出すと、カタカタと全身が震え始めた。

——こわい、こわい、こわい、こわい。

——僕は、この運命《おとこ》が、恐ろしくて堪らない……

さぁっと血の気が引いていくのが分かる。

アスティアを直視できなくて、両腕で自分の身体を抱きしめて俯《うつむ》いて視線を逸らす。

その姿に、アスティアは僕の前で片膝を床について、心配そうに覗き込みながら僕の頬に手を伸ばしてきた。

「っ!!」

ぱしん！　と乾いた音が、静かな書庫に響く。

とっさにアスティアの手を払い除けてしまった僕は、恐怖が先に立ち、ガタンと乱暴に椅子から立ち上がると身を翻《ひるがえ》してその場から逃げ出してしまっていた。

そこからどこをどう走ったのか、全く覚えていない。

アスティアの手を振り払って書庫から飛び出した僕は闇雲に走り、気付いたら広大な庭の隅にある四阿《あずまや》に辿り着いていた。

そこには庭を飾る可憐な花々をゆっくり眺めることができるように、クッションを並べた背もたれ付きの長椅子が設置してあった。

はぁはぁと上がる息のまま、ひっそりと佇むその場所に目を向ける。誘われるようにふらふらと近づいて長椅子に崩れるように座り込んだ。

「アスティア、驚いた顔をしてた……」

怖くて視界に入れたくなくて、必死にその存在から顔を背けたけど。

手を振り払った瞬間に目に飛び込んできたアスティアの驚愕の顔に、チクチクと罪悪感が刺激される。

あれは恐怖に駆られた防御反応だった……と言い訳してみても、番に拒否されたアスティアの気持ちを思うといたたまれない。

「――っ」

膝を抱え込み、顔を埋《うず》める。

――僕は、どうなっちゃったんだろう。

番かどういうものか分からないのは仕方ない。だって僕は半端者なんだもの。

でも運命に恐怖を感じてしまうのは、半端者だからってだけでは理由にならない。

でも、ただひたすら怖い。まるで本能がアスティアを拒絶しているみたいに……

「アデル。助けてよ……」

縋《すが》るように小さく呟く。いつも側にいた彼。

冒険者になってからは、ちょくちょく仲間と遠征に出向いていたけど、どんなに長くても一ヶ月くらいで戻ってきていた。僕が頼るべき人物は、いつだってアデルだったのだ。

でも自分から離れてしまったのに、なんて都合のいいことを考えているんだろう。

いつまでもアデルに頼ろうとする自分が情けなくて、なお一層小さく縮こまってしまった。

「よぉ。やーっと見つけた」

自己嫌悪に苛まれていたその時。少し離れた所から声が聞こえて、僕は一瞬身構えた。でもアスティアの声じゃないことに気が付いて安堵した。

ゆっくり顔を上げたけれど目の前に声の主――ルゼンダの姿はなくて、僕は辺りを見渡してその姿を捜した。

「こっち、こっち！」

笑いを堪えるような声が上から聞こえて見上げると、そこには空中に浮かぶルゼンダがいた。

びっくりしてぽかんと口が開く。

なぜならルゼンダは魔法で身体を浮かせているというより、見えない透明な何かに立っている、というように飛んでいたから。

「え？　ルゼンダ？」

「んー、降りるからちょっと待って」

見えない足場を踏み越え、物音一つ立てずに地上に下り立つ。

思わずルゼンダと、さっきまで彼が立っていた場所を交互に見ていると、彼は得意げに胸を張った。

「はは、ビックリ顔のティティ、可愛い」

「いまの、あれ、なに？」

空中を指さして、目の前に立つルゼンダを見上げる。

「ほら俺、元がワイバーンだから魔力多いんだよ。だから空では自分の思うように行動できるってわけ。最強でしょ？」

「アスティアより強い？」

「ごめんなさい、強がりました」

ショボンと肩を落とす彼に、落ち込んでいたにもかかわらず笑いが洩《も》れる。

でもルゼンダらしい登場の仕方に、僕は強張《こわば》っていた心身がほっと緩むのを感じた。

「…………アスティア、怒ってた？」

ポロリと言葉が口からこぼれる。

ルゼンダは「あー」と視線を斜め上に逸らして、苦笑いした。

「ありゃ、ティティが何したって怒んねーよ。哀愁が漂ってたから、怒るっていうよりは落ち込んでんじゃね？」

「ごめんなさい」

「それ、誰に向けた言葉？」

「え？」

ぱちりと瞬《しばた》くと、意外なことに真顔のルゼンダが僕を見下ろしていた。

「もしティティに謝る相手がいたとしても、それは俺じゃねーぜ」

「……うん」

ルゼンダの言葉は本当に正論だ。ふざけているように見えて、こういうところはちゃんと厳しく諭してくる彼に、僕はシュンと落ち込んでしまった。

「別にアスティアだって謝ってほしいわけじゃないだろ。アレはひたすらティティを愛でて構い倒したいだけだし、それでティティが自分に懐いてくれたらいいなぁ～、ってくらいだし」

「え？」

本当にそうなんだろうか。アスティアは僕の言動に失望してるかもしれない。

ぐるぐると思考を巡らす僕を見て、ルゼンダは「はぁ」とため息をついて肩を竦めた。

「昨日出会っての今日だぞ？　突然番だのなんだの言われて距離詰められたら、混乱するのは当たり前だろ」

「そう、かな……」

「じゃねーの？」

ドカリと僕の隣に腰を下ろして両膝に肘をつき、顔だけをこちらに向けた。

さっきまでの少し厳しい雰囲気は消え去って、純粋に僕を心配していることが分かる。

「で、何かあった？」

しかしすぐに説明できることができず、沈黙だけが彼の言葉に続いた。

「言いたくないなら、別に無理は——」

「運命ってなんだろう？」

やっと出てきた僕の言葉に、ルゼンダが「は？」と首を捻る。まぁ、突然こんなことを言われたらそうなるよね。

僕は書庫で感じた不安と恐怖をポツポツ話した。

「番が現れたら、それまで好きだと思っていた気持ちって薄れちゃうのかなって思って。今まで好きだと思っていた気持ちは、なんだったんだろう」

「自分の気持ちが信じられなくなって、怖くなった？」

「自分の気持ちも、番っていう運命も、どちらも怖い」

その言葉に「う～ん」とルゼンダは考え込む。

少しして改めて僕に視線を向けた彼は、不思議そうに眉根を寄せていた。

「俺には運命とか番とか分かんねーし、知らんけどさ。今、ティティは別にアスティアに恋い焦がれているわけじゃないだろ？　ちょっと気になるとか、好ましいとか感じるくらいで」

「うん」

「なのに、なんでアデルへの気持ちだけがそんなに変化してんの？」

「……え？」

不意にルゼンダにそう問われて、僕はポカンと間の抜けた顔になってしまった。

――なんでこんなにアデルへの気持ちが変化しているのかって？

それはだって……いや、なんでなんだろう？

自分でも分からず、僕は改めて自分自身の気持ちを再確認してみる。

やっぱりアデルへの想いは懐かしいものへと変わりつつある。まるで霧が晴れていく過程のように、速やかに……

思考を巡らす僕を探るように、ルゼンダはすっと目を細めた。

「俺にはその変化が変に感じる。言ってしまえば、不自然？」

「不自然？」

「そー。これが番の運命にしたがって、ティティがアスティアに好意を持ったから気持ちが変化した……っていうんなら分かるけど、違うじゃん？」

「え、うん」

「なんだろうなぁ……。あ！」

何か思い付いたのか、ルゼンダがはっと顔を上げた。

「そっか、それか！」

勢いよく立ち上がると、唖然とする僕を置いて屋敷へ戻ってしまった。

★☆

「誤認識？」

私は眉を顰《ひそ》めて、突如書庫に舞い戻ってきたルゼンダに振り返った。

「じゃねーかな、と。別れたって言っても、ティティはアデルに気持ちを残した状態でお前と出会ったろ？　いくら前向きに気持ちを切り替えようとしたって、昨日の今日じゃ想いを昇華させるのも、まだ無理なはずじゃん？」

ルゼンダは唇に指を当てて、少し考える素振りを見せた。

「なのにもうアデルへの気持ちが薄れてきてるんだってさ。ティティがお前を番だと認識して、気を向け始めたんなら納得するけど……」

「それは、ないな」

ツキン、と胸が痛む。先ほどのティティの脅えた表情。

あれはたしかに私に恐怖を感じていた。

「だろ？　アイツ、まだ空竜であるお前に遠慮しまくってるし、番云々以前に畏れ多いって思ってる」

「ああ」

「じゃ、洗脳の効果が薄れてきて、そうなったと考えるのが自然かな、と」

「それは、アデルを番と〝認識〟していたということか……」

自分で言葉に出しておきながら、湧き上がる嫉妬を止められない。私以外の誰かに番の運命を感じていた可能性がある――それだけでその相手を葬ってしまいたくなる。

「いや～……」

私の苛立ちを感じたのか、ルゼンダは苦笑いしながら首を傾《かし》げた。

「ちょっと違うんじゃね。本当に番として認識していたら、いくらティティでも別れを受け入れて相手の幸せを願うとか無理だろ。ティティだって獣人なんだし、番ってそんな軽い関係じゃねーじゃん。精々アデルを好きになるとか、依存するようになるとか、その程度じゃね？『後天性獣人』ってことで周りにハブられてたんなら、環境が後押しして洗脳しやすそうだし」

信頼と愛情を自分に向けさせる洗脳、だと？

心から愛して信頼していた男への気持ちが、たった一晩経っただけで変化するなんて。そんなの混乱するに決まってる。訳が分からなくて、突如現れた運命《つがい》のせいだと考えて怯えるのも当然だ。

私は重いため息をついた。

「洗脳の媒介が分かれば解除しやすいんだか……」

「それは分かんねーな。長らく洗脳を続けてたんだろうし、生活の一部に組み込める物が媒介だと思うんだけど」

お手上げ、とばかりに両手を上げるルゼンダから視線を外し、顎に手を当てて考え込む。

「アスティア？」

訝《いぶか》しげなルゼンダの声に我に返る。白皙《はくせき》の美貌の持ち主へ、忌々しい気持ちを抑えながら目を向けた。

「ティティが大丈夫そうなら、明日からお前は彼につけ。従者として普段の生活で不審な習慣がないかチェックして報告しろ」

「なんか、お前から不穏な気配がする。俺がティティについたとして、お前から報復を受けることはないんだろうな？」

ふるりと身を震わせるルゼンダを冷たく睥睨《へいげい》する。

何をそんなに怯える？

ティティに『僕もルゼンダのこと、割と好きだよ？』とか言われて調子に乗っていたから、少し灸をすえただけというのに……

私の心の声が洩《も》れたわけでもないのに、本能で何かを察知したルゼンダは硬直した——と思ったら、すごい勢いで書庫から飛び出していった。

その日の夜。

空竜城から送られてきた報告書に目を通していると、トントンと控えめに扉を叩く音が聞こえてきた。

書面から目を離すことなく入室の許可をすると、カチリと小さな音と共に扉が開く。

同時に、ふわりと胸を掻きむしりたくなるほどの愛おしい香りが漂ってきた。

はっと弾かれたように顔を上げると、扉の前で怯えた表情をしたティティが頼りなさげに立ち尽くしていた。

バサリと書類を落として立ち上がる。

が、昼間に怯えて逃げ出した彼の姿を思い出して、足が動かなくなった。

無言で見つめ合っていると、ティティは意を決するようにきゅっと唇を噛みしめた。

「あ、の……っ！　昼間は逃げてしまって、ごめんなさい」

勢いで言ったものの不安になったのか、視線が泳ぎ始める。

「僕、少し混乱してたみたいで、その……」

どう言っていいか、何を言ったらいいのか、次第に分からなくなったようで、少しずつ顔を俯《うつむ》かせていく。

その姿が愛おしくて切なくて堪らない。

私の番。

私の運命。

私の命。

私は自分を落ち着かせるように息を吐くと、困惑する彼に近づいてそっと腕に手を寄せる。ぴくんとわずかに肩が揺れたけれど、逃げる気配はない。

「大丈夫。貴方が悪いのではないことは分かっているから。それより体調は大丈夫？　昨日もひどく顔色が悪かったし、今日も書庫で随分汗をかいていた」

「うん」

ゆるりと顔を上げて、そのコバルトブルーの瞳に私を映す。

「最近頭が痛むことが多かったから、薬を準備してたし……」

「薬？」

「僕、薬師だから」

控えめにそっと愛らしく微笑んでくれる。

これほど惹かれて愛しく思っていても、彼には私が番だと分からない。それはとても辛く、哀しむべきことだけど。

でも襲撃のあとに行方知れずとなった番を思い、狂おしいほどの切なさの中で過ごした地獄の日々を考えると、なんと甘美で幸せな瞬間なのだろう。

幻でもなんでもなく、この場所に番がいるのだから。

私は彼の華奢な肩を抱《いだ》き、ソファへと誘った。

「せっかく来てくれたし、よかったら少しお茶でもしよう」

そう誘うと、彼は遠慮がちではあるがしっかりと頷いてくれた。

ティティは、覚醒して初めて獣人本来の姿を得ることができる一族だ。

しかしティティはそのことを知らないし、今なお覚醒できていない。だからこそ後天性獣人のような姿で、自己肯定感も低いまま。

このままでは、竜である私の番だとは信じられないだろう。

――早く。

愛しい番の髪にそっと口づける。

――早く覚醒して。その美しい姿を私に見せてほしい……

★☆

「え、謝りに行ったの？　なんで？　あんなに怖がってたのに」

教本から顔を上げて、ルゼンダは目を瞠《みは》った。

今日からルゼンダの授業が始まっていた。

竜は強力な力を保有するから、国に属さずに独立して存在している。

だけど世界中の国々は竜の力を利用しようと企んだり、その存在が与える恩恵にあずかろうと躍起になったり、常に虎視眈々としている。

ある程度地理やら国の情勢やらを知らないと危険を回避できないからと、この授業になったらしい。

今日は庭園の美しい花々が楽しめてかつ解放感のあるサンルームで授業を受けていたんだけど、僕がアスティアに昨日の失礼な態度を謝罪したと報告したら、冒頭の台詞が出てきたというわけだった。

「う～ん」

僕はペンを唇に押し当てて、眉根を寄せる。

「アスティアを怖がったのは僕の問題だし。彼からしてみたら理不尽だったかなって。こんなに優しくしてもらってるのに、彼に嫌な思いをさせてしまったから」

「優しい？　優しい……ねぇ」

眉間に皺を寄せながら目を見開くルゼンダに、僕はキョトンと目を瞬《しばたた》かせた。

ここの主従関係は、良好なのかそうでないのか本当に掴みにくい。

「ま、いいや。じゃ次。竜についてな。ここ見て」

閑話休題とばかりに、ルゼンダはトントンと本を指さす。そこには見開きを四分割していて、各竜がそこに描かれていた。

「竜は四大元素に基づいて存在している」

トン、トンとリズミカルに各欄を示す。

「火竜《かりゅう》、水竜《すいりゅう》、土竜《つちりゅう》、そして空竜。それぞれが支配する元素の名前の通りなんだけど、空竜だけは違う。『風竜』じゃなくて『空竜』と呼ばれるのは、他の竜と比べて群を抜く魔力の強さのためさ。『世の半分を支配する』という意味を籠《こ》めて、空竜と呼ばれている」

確認のためにチラリと視線が向けられる。頷くと彼は言葉を続けた。

「支配する元素に準じて、竜の配下となる一族があってさ。火竜は火を支配、転じて鍛冶が得意なドワーフを支配下に置く。水竜は水を支配、転じて水の一族が支配下にある。土竜は土を支配、転じてエルフを支配下に置く。そして」

ルゼンダの指は、空竜の欄を示した。

獣型の空竜は綺麗な空色の鱗に覆われて、とても神秘的で美しい生き物として描かれていた。

「空竜は風と空を支配、転じて空の一族を支配下に置く」

「空の一族……」

「そう。彼らについては、また追い追い説明するわ」

ペラっとページを捲《めく》る。そこには前のページと同じように四分割されていて、各竜の人型が描かれていた。

「最初、アスティアが空竜って気付かなかったろ？」

「うん」

「でも街のヤツは気付いてた。それは竜だけが持つ色ってもんがあって、ヤツらはそれで空竜と判断したんだ。これも分かりやすいと思うぜ。火竜は赤、水竜は白銀、土竜は黄金色、空竜は青。この色が髪に現れる」

「たしかに分かりやすいね」

竜は世界のトップに君臨するとは知っていたけど、その他はなんにも知らなかった。

ペラペラと先のページを見ると、さらに詳しい情報が記載されている。

「結構細かいことまで書いてある」

「そりゃそうだ。竜は絶対強者で、人族も他の獣族も竜の前では赤子に等しい。うっかり竜を怒らせないために、このくらいの情報は必要なんだよ。あ、待って。ここ！」

ページを捲《めく》っていた僕を止めて、とあるページを指さした。

「ここ見て。これは竜の番が絶対に知っておかなきゃいけない項目だから」

綺麗に整えられたルゼンダの指が指し示す場所に視線を落とす。

「――神との盟約？」

そこには、竜が神と結んだ盟約について書かれていた。

「竜は他竜の番に絶対に関わってはならないって決まりがあるんだよ。破ると神罰が下るってさ。だからティティも他の竜に出会ったら気を付けて。その竜が神罰を食らっちまうからな。ただ、今まで神罰を食らった竜の記録はないから、何が起きるかは分かんねぇけど。――さて」

パタンと本を閉じる。

「そろそろ休憩にするか。お茶を淹《い》れてやるよ。何がいい？」

「僕、茶葉とかには疎《うと》くて……。だからなんでも大丈夫」

「ふーん。じゃ普段、何飲んでたんだ？」

ちょっと考えてから答える。僕の前ではっきり言わないけど、アスティアもルゼンダもアデルのことを警戒しているようだから。

「アデルがどこかで買ってくる茶葉を飲んでたんだ。身体にいいからって。子供の頃からそれしか飲んでないんだよね」

「――へぇ」

僕の考えは間違っていなかったみたいで、アデルの名前を出した途端ルゼンダの目が鋭くなった気がした。

「昔から体力がないから風邪をよく引いてたんだけど、それを飲んでたらだいぶ風邪を引かなくなったんだ。たぶん、薬草茶だと思うよ。少し独特な香りがしたし」

あの鼻に残る不思議な香りの、ほんの少しの苦味と優しい甘みのあるお茶。

アデルが遠征に行っている間に飲み切っちゃったんだよね。もう二ヵ月くらい飲んでないんじゃないかな。

別の新しい茶葉を買う気にはならなくて、ストックが切れてからは白湯ばかり飲んでいた。

「なら最近肌寒くなってきたから、風邪に注意しねーと。そっか……。それならジンジャーティー飲む？　蜂蜜入れて少し甘さを付けたやつ」

「飲む！」

勢いよく希望した僕にルゼンダは雰囲気を和らげて顔を綻ばせると、手早くお茶を準備してくれた。

そっとカップに口を付ける。優しい風味の中にピリッとした刺激がある。でも蜂蜜が入っているおかげで、とても美味しく飲めた。

「身体が温まるね」

「ジンジャーの作用な。風邪引きやすいなら、身体を温めるのがいいからさ。今まで飲んでたヤツも身体にいいなら探してみるか。売ってる店、知ってる？」

問われて首を横に振る。

いつもアデルが出かけたついでに手に入れてきたものだから、売っている場所は知らない。

「ごめん、知らないんだ。この街には売ってるんだろうけど、いつもアデルが買ってきてたから」

「ああ、別にいい。あればいいかって思っただけだし」

カップを持つ僕をじっと見守っていたルゼンダは、僕がお茶を飲み終わるのを待って、カタンと立ち上がった。

「ちょっと用事を思い出した。わりぃけど、この本を読みながら待っててもらっていいか？」

「うん、分かった」

さっきまで開いていた本を手渡すと、ルゼンダはポンと僕の頭に手を置いて、そして踵《きびす》を返してサンルームを出ていった。

僕は本をペラリと捲《めく》り、大人しく読み始める。

前半は竜についての記載だったけど、後半は竜を得ようと暗躍した国の歴史と、引き起こされた事件がまとめてあった。

そのまま読み進めようとしたけど、さっき飲んだお茶の効果とサンルームという場所から、とても暑くなってきた。

「ふぅ……」

僕は諦めて顔を上げる。椅子から立ち上がって、サンルームから庭園へと行ける硝子《ガラス》の扉を開けた。

火照《ほて》った肌に少し冷たい風が心地いい。
僕はその涼しさを楽しむように目を細めて再び机に向かい、本を読み始めた。
どのくらいの時間が経ったのだろう。
本の上に人影が落ちたことに気付いた。
――あ、ルゼンダが戻ってきた！
僕は微笑みながらぱっと顔を上げて……そして目を見開いて固まってしまった。
「――遅くなったね、俺の大切なティティ。迎えにきたよ」
そこには黄金色の瞳をきらめかせ、甘い視線を向けるアデルの姿があった。

幕間　二

鬱蒼とする森の中は、朝日が昇っても陽射しが少なく薄暗い。

樹の洞《うろ》で眠っていた俺は、むくりと起き上がってぼんやりと考えた。

夢の中のティティ、可愛かった。あれが守るべき『番』だ、と魂が知らせてくる。

ティティは空竜の『番』だから、絶対に俺のモノにはならない。

なのに俺だけを見るように、俺だけを信じるように、俺の言うことだけを聞くようにしなきゃいけない。

——あの無垢《むく》な子を騙さなければならない……

「嫌、だな……」

ポツリ、と呟いたその瞬間。

ドクン！　と心臓が嫌な音を立てて軋《きし》むのを感じた。

「——っぁ…………うあ、——っっっ!!」

激しい痛みに胸を掻きむしる。爪が皮膚を破って食い込んでも、血が流れ出して服を赤く染めても、その手を止めることができないくらいの痛み。

「——ぁ、ぐっ…………っ！」

万力で心臓を押し潰すような吐き気を催す凄絶な痛みに、俺は我慢できずに嘔吐してしまった。蹲《うずくま》って身体を丸めても、痛みは増すばかり。

滝のような汗を流し、苦しみに身悶えても、俺には死を望むことができない。

──守護者がいなくなったら、誰があの子を守るんだ！　生き残って、あの子を守ってやる！

ググッと寝床の落ち葉を下の土ごと掴み、握りしめる。

すると、ふ、と心臓を締め付けていた力が緩む。

「──っ、はっ！　はーっ!!」

詰めていた息を吐く。荒い息遣いが狭い木の洞《うろ》に響いた。

嫌だと思ったから魔石の呪いが発動した、のか？　となると俺は、ティティを洗脳せよという命令から逃れられないのか……

「…………たすけて」

心が冷たく真っ黒に塗り潰される。絶望に心が潰れてしまいそうになって、ぽたりと涙が落ちた。

「誰か、助けてよ……」

でも誰に助けを求めればいい？　空竜？　でも竜には神に定められた盟約がある。

必ず竜自身が番を探すこと。

理由はあるらしいけど、唯人《ただびと》の知るところじゃない。こちらから竜を探せないなら、どうしたらいいんだ……

八方塞がりの状況が悔しくて涙が止まらない。

涙で顔がグシャグシャになってしまった時、場違いなくらいのんびりとした声が聞こえてきた。

「あれ～、狐？」

今まで獣道を選んで進んで人となんてすれ違わなかったから、すごく驚いてびくりと身体が縮こまった。

警戒しながら物音に耳を澄ませていると、ヒョイッと男が覗き込んできた。薄暗い洞《うろ》の中からでは男の顔は逆光になってよく見えない。

「う～わぁ～……やっぱ狐じゃん。どしたのぉ～？　迷子？」

おいで、と手招きされる。

なんとなく悪いヤツだとは思えなくて、ソロリと洞《うろ》から出る。そして油断なく警戒しながら男を窺《うかが》った。

彼はしゃがみ込んで俺の顔を覗き込む。

フードを被っているけど、その赤みを帯びたシトリンのような瞳を子供のようにキラキラと輝かせているのは分かった。

少し垂れ目のせいか優しげな雰囲気を醸し出してはいるけど、キリっとした眉に通った高い鼻筋、綺麗な弧を描く薄めの唇が収まる顔は、『秀麗』という表現が似合う顔つきだった。

話し方こそ間延びしているけど、そのガッチリとした肩幅から察するに随分鍛えていそうな雰囲気だ。

「わ～、目ぇ腫れてる。泣いてたんだねぇ……」

面白がるような響きを含む言葉に「なんだ、コイツ」と警戒しながら顔をあげて、その男の持つ色が視界に入って思わず息を呑んだ。

フードに隠してあったけど、一筋垂れ落ちる髪は黄金色。

「まさか、土竜……？」

「あ～……ね」

眉を困ったようにハの字に下げて、ポリポリと頬を掻く。

「俺ねぇ、その呼ばれ方嫌なんだよねぇ……。音に出すと『つちりゅう』だけど、文字にしたら『もぐら』じゃん！　ちょっとダサいんだよねぇ……」

ふぅと悲しげにため息をつく。

「俺のことはねぇ、プラシノスって呼んでね。で、君はココで何してんの？　ねぇ、迷子？　迷子なの??」

楽しそうに声を弾ませる様子に、思わず胡乱《うろん》な目になって目の前の男——プラシノスを見ると、彼は口角を上げてニヤリと笑った。

「迷子じゃないなら、そんな物騒な石抱えて、どこ行くの～？」

ツンと左胸を突かれて、俺は一気に警戒心を強めた。

「なんでそれをっ！」

「なんでって、だって俺、土竜だもん。石だの土だのは俺の管轄よ。分かるでしょフッー」

得意そうに胸を張るプラシノスに、俺はどう出ていいのか分からなくなった。

竜の力は強大だ。しかも大地に繋がるものを支配下に置く彼なら、もしかして……

わずかな希望に、俺は縋《すが》る気持ちで彼を見つめた。

「プラシノス、アンタはこの石を取り出せる？」

「ん～……。無理ぃ～」

一瞬考えてから、コテンと首を傾《かし》げる。しかし俺の返答を待たずして「でも」と言葉を続ける。

「俺ねぇ、今すっごく困ってるんだぁ。君が助けてくれるなら、その魔石について手助けしてあげるけど、どぉ？」

「え？」

不意の提案に目を瞬《しばたた》かせる。行儀悪くしゃがんだままのプラシノスは、面白い玩具を見つけたような顔で不敵な笑みを崩さない。

俺はそんな彼の様子を油断なく窺《うかが》いながら、素早く考えを巡らせた。

とはいえ誰の助けも望めない状況で、考えが読めないながらも強大な力を持つ竜の助けを得られるのは、かなり利点がある。

俺は身構えつつ、小さく頷いた。

「土竜様のプラシノスに、どんな助けがいるっていうんだ？」

「おぉ～？　話、聞いてくれるぅ？」

「……一応？」

プラシノスは両手を胸の前で祈りの形に組んでにっこにこと満面の笑みを浮かべた。

「早速なんだけどぉ。俺の可愛子ちゃんが空の一族なんだよね～」

「可愛子ちゃん……？」

「やだなぁ～、番ちゃんのことに決まってんじゃ～ん」

「……それで？」

「空の一族と、土竜とその眷属は相性がよくなくってさ」

組んだ手を解き、自分の両頬を押さえて悲しげにため息をつく。

「一応、礼を尽くして訪れてみたけど、門前払いされたんだよぉ！　ひどくない？　俺、竜なのに！　偉いのに！」

「土竜の番が空の一族から出るのは初めてなの？」

「ううん、過去、他の竜が空の一族へ求婚する時は、空竜が彼らに取り次いでくれたんだよねぇ………」

でもさ……と、眉尻を下げて心底困ったというように続ける。

「その役割を担ってくれるはずのアスティアのヤツ、自分の番を見失って力の均衡崩して暴れ回ってるんだよ。頼むどころか、近づいたら俺、殺されちゃう」

「アスティア？　それって空竜の名前？　もし空竜の番を見つけて、彼に引き渡せば落ち着く？」

「それはダメ。絶対にダ～メ」

指でバッテンを作り、プラシノスは顔を顰《しか》めた。

「竜はねぇ、神様との固い盟約のもとにこの世に存在してるから。それを揺るがす行為は禁止なんだ～」

「盟約って、でもそれだけ暴れてるのに？」

「だって暴れたついでに、番ちゃん殺しちゃうモン」

「は？　なんで？」

竜が番を殺すなんて。自分の運命である番が近くにいれば、気が付くものじゃないのか？

「竜が番を求めて旅をするのはねぇ、自分を律する力を付けるために時間が必要だからだよ。じゃないと、独占欲の強い竜は己の思うまま、番の意志を無視して行動しちゃうのさ」

よっこらせ、と立ち上がる。身長は高く、ガッチリとした筋肉に覆われている身体は逞《たくま》しい。

「孕《はら》むまで……違うな、孕《はら》んでもずっとずぅ～っと番ちゃんを寝所に囲うって、イイよねぇ……。うん、すごくイイ」

子供の前で何言ってんだ、と思わずドン引いたのに気付いたのか、プラシノスは「ごめん、ごめん」と頭を掻きながら謝ってきた。

「空竜は竜の中でも特殊で、力が強すぎて心身の均衡が乱れやすいんだぁ。だからヤツだけは、時期がくればすぐに番に会えるようになってんの。均衡が保てるようにねぇ」

「その均衡を保ってくれる番がいなくなった？」

「そぉ、それ！　ホントだったら捜す必要もない空竜が、今、必死に番ちゃん捜してんの。んで、己を律する術《すべ》をまだ身に着けてないから、捜しながら暴れてんだよぉ。だからもしアスティアの番ちゃんをアイツんとこに連れてっても、理性なくしてるうちに殺されちゃうのがオチ」

ということは、空竜の協力を得るのは無理ということか……

「でも、俺もただの獣人だ。空の一族は自分の仲間以外、信用しないって聞いた」

「君は大丈夫だよぉ」

ふっと笑う。彼の赤みがかったシトリンの瞳がゆらりと輝く。

「だって空竜の番の守護者じゃん」

「——っ!?　いつから気付いて……!!」

思わず右手で左肩を押さえて後退《あとずさ》る。

知らず知らず耳を伏せ、口を開けて威嚇していた。

「ははは……。でも、まぁ、落ち着いて？　洞《うろ》を覗いた時に左肩のソレが見えちゃっただけだからぁ」

にこにこ笑顔全開で悪意を感じさせない。それがなんとも不気味に感じた。

「あ〜あ、警戒させちゃった」

片方の眉を上げて、困ったなぁと呟いている。

しかしこれ以上プラシノスを警戒しても、竜が相手では無駄なことだと思い、俺は話を戻すことにした。

「……仮に俺がアンタに協力したとして、アンタは俺に何をしてくれるっていうんだ？」

「ん？　まぁ、石の対処方法とか？」

「最初に無理って言ったのに？」

疑いの目を向けると、プラシノスは「疑うなんてショック！」と嘆き始めた。

「取り出すのは無理って話。だってその石、身体と同化してるんだもん。でも魔石も所詮はただの道具。設定が甘かったら、付け入る隙もたくさんあるってこと」

警戒心を緩めない俺に、プラシノスは両手を広げて肩を竦めてみせた。

「あとは君が信用してくれるかどうか、かなぁ」

その言葉を聞いて、俺は考え込む。

何かを判断するには、あまりに知識が足りない。

でも湧いて出てきた可能性を無視することもできなかった。

「分かった。俺はどうしたらいい？」

俺は警戒を解き、承諾の意を籠《こ》めてプラシノスに近寄った。


ホント俺、なんでこんな所にいるんだろうな……と遠い目になる。

プラシノスの提案を受け入れて、彼の番がいるという空の一族の住む場所へやってきた。

あれからプラシノスにひょいっと襟首を捕まれ、「何するんだ！」と怒るより先に連れて来られた場所がここだった。

「じゃ、あとは頼んだぁ～」

そう言い置いていなくなろうとするヤツの袖を思わず掴む。

「頼んだ、じゃねぇよ！　目的の人物はどこだよ！」

「あぁ～俺ねぇ、すっかり警戒されちゃって不審者扱いされてんの。君、一人で頑張って？」

そして、「じゃ、俺、用事あるからぁ」と、手を振って去ってしまった。そして今の状態である。

どうしよう……、とクルリと辺りを見渡す。

ちょうど森が開けた先にある切り立った崖。その崖にこの広場は存在していた。

そっと崖の側に立って下を覗くと、ゴツゴツした岩肌には何ヵ所か穴が空いている。

注意深く崖の穴を見るけれど、人がいる気配を感じない。

もしかして空の一族とやらが、プラシノスの不審者っぷりに慄《おのの》いて場所を移った、とか言わないよな？

あれこれ考え込んでいると頭上でバサバサと羽音が聞こえてきて、俺は勢いよく空を見上げた。

そこには翼を広げた男が空中に佇み、俺を見下ろしていた。

「こんな場所に珍しく人の気配がすると思ったら……」

バサリと真っ白い翼を閉じて男が広場に降り立つ。光の加減では銀色にも見える淡い水色の長い髪を風に靡《なび》かせ、俺の前で腕を組み、仁王立ちとなった。

身体自体は細身であるものの、ラフに着崩しているシャツから見える体はしなやかな筋肉に覆われている。

さすがは戦闘能力がずば抜けていると言われる空の一族だ。

「なんの用だ」

俺が子供のせいか、それほど警戒していないように見える。

俺はゴクリと喉を鳴らすと、ぎゅっと手を握りしめた。

「俺は空竜の番の守護者だ。今、守るべき相手の所に向かってるけど、問題が起きてる」

組んだ腕はそのままに、その男はピクリと片眉を動かした。無言で先を促す。

「俺には掛けられた呪いがある。このままだと、守るべき番や空竜にも災いを及ぼしてしまう。それを対処するには土竜の助けがいるんだ」

「あー、なんか読めた。土竜に頼まれたのか、お前」

頷いて肯定すると、彼は大きくため息をついた。

「アイツが捜してんの、俺だわ。でもなぁ……」

嫌そうに「チッ」と舌打ちをすると、ぷいっと横を向いた。

「アイツなんか変態臭いんだよな。絶対、ムッツリ系だね。しれっと監禁コースに持ってかれそう」

だから、なんでコイツら子供の前でそういう……

意外に気が合うんじゃなかろうかと思っていると、彼は組んでいた腕を解いてジロリと俺を見下ろした。

「まずは証拠見せな。空竜紋、あるんだろ？」

頷いて左袖をまくる。浮かんだ痣を一瞥して彼は顎をしゃくった。

「来い、下に行くぞ」

そう言うと、さっさと俺を抱えて崖から飛び降りた。連れて行かれた場所は、さっき崖から覗いた時に見えた穴の一つだった。

岩の中だというのに、意外に湿気もなく綺麗に整えてある。どうやって運び込んだのか、ちゃんと調度品も揃っていて、狭いながらも快適な住居環境となっていた。

物珍しくてキョロキョロしていると、彼はテーブルにカップを二つ置いて、ドカリと椅子に座った。

「おら、お前も座れ」

言われて椅子に腰掛ける。

「とりあえず土竜《アイツ》のことはあとだ。で？　呪いってなんだ？」

「それは……」

話そうとした時、左胸がジクリと軋《きし》んだ。

その身に覚えのある感覚に、ドクドクと心臓が跳ね上がる。とっさに胸を押さえ身体を強張《こわば》らせた。額に汗が滲《にじ》み、床にポタポタと雫《しずく》の跡ができていく。

突然脂汗を流し始めた子供を訝《いぶか》しんでいた男は、ハッと椅子から立ち上がり俺の肩を掴んだ。

「言わなくていいっ！　落ち着け！」

深呼吸をしていると心臓の鼓動が穏やかなものへ戻る。なんとか息を整えて顔を上げると、心配そうな顔で男は俺を覗き込んでいた。

「それが呪いか？」

黙ったまま頷くと、思案顔になった彼はやがて肩を掴んでいた手を離して座り直した。

「分かった。お前は、これに関してはもう喋るな。俺が聞くから首を縦に振るか横に振るかで答えろ」

「……分かった」

「じゃ首謀者が、守護者のお前に呪いをかけてどうこうしたい相手は、空竜様の番だな？」

その通りだから頷く。

「空竜様の番は空の一族と決まってる。彼は襲撃を受けて行方不明だが、そのことをソイツらは知っている？」

父の言葉を思い返す。たしか石を埋め込まれた時、それらしい発言をしていた気がする。だから頷く。

彼は机に頬杖をついて考え込んだ。

「んー……守護者を使って番を見つけ出す。そして、空の一族の戦力を自由に使えるように躾ける？　いや違うな……それだと番を使う意味が――え？」

男は目を見開いて顔を上げる。俺の視線と男の視線が交差する。

「まさかそいつら、空竜様を操ろうとしてんの？」

その通りだ。俺は無言で頷く。

「うっわ～……、馬鹿じゃね、そいつら。アスティア様を操ろうなんて、マジでムカつくな……」

眉間に深く皺を寄せた男は俯《うつむ》き黙り込んだ。

「土竜《アイツ》、本当に何かアテがあるのか？」

ポツリと声がした。

彼は明後日方向に視線を向けて何かを呟いていたが、おもむろに俺に顔を向けた。

「アスティア様の敵は、空の一族《おれたち》の敵だ。お前の手助けになるというなら、土竜のヤツに言われるのはムカつくけど、俺も手を貸してやる」

「じゃあ……」

「アイツにはちゃんと会ってやる。けど……」

じっと見つめられて戸惑う。

「そもそもお前がこんなことになったのも、俺たちがあの子を守れなかったことが原因だ。すまない」

突然の謝罪に俺はびっくりした。

「いや、守護者は神様の選別だし、謝られるようなことはないと思うけど？」

「あのな空竜様の番が誕生したら、本当ならある時期までは空の一族の中でも最強の戦士に守られるはずだったんだ」

「ある時期？」

「そう、守護者が現れるまで」

「……俺？」

急に自分に関わる話になって目を瞠《みは》ると、彼はふっと口元を歪めて苦い笑みを浮かべた。

「俺たちがいくら最強の戦士と言われようと、竜の番のためだけに誕生した守護者には到底敵わないのさ。だからその役割を担う者が現れたら、番の守護はその者に引き継がれるんだよ」

そこまで話をすると、彼は困ったように眉尻を下げた。

「いくら守護者でも子供だったら戦えない。大抵の守護者は十代半ばで覚醒して俺らの前に現れる」

「十代って決まってるの？　なぜ？」

「俺たち一族が二次的羽化を経て翼を持つのがそれくらいの年だからだよ。翼を得たら俺たちは一人前だ。どこへ行こうが本人の自由。その時、番がどこに行こうとも守ってくれるのが守護者さ」

「でもティティは……」

「そう。まだ二次的羽化できる歳じゃない。でも襲撃されたあと、守るべき者がいない状態であの子に何か危険があったんだと思う。だから想定より早く守護者が覚醒してしまったんだ」

「危険が……」

怒りや苛立ち、焦りなんかが混ざった不快な感覚がゾワリと背中を走る。無意識にガチガチと歯を鳴らしていたらしい。

気遣うように彼がポンと頭に手を乗せた。

「ちっこくても、やっぱ守護者だな、お前。本当だったらお前の覚醒も、ある程度自衛できる歳で起きるはずだったのに。俺たちがあの子を守りきれなかったばかりに……本当にすまなかった」

「謝らないで。俺は俺のやるべきことをしたい。ただそれだけだ。あなたがプラシノスに会ってくれたら、俺も守護者として動ける可能性が出てくる」

「いいさ、ヤツには会う。だからお前もあの子を守ってやってくれ」

初めて見た彼の微笑みは慈愛に満ちていて、空の一族の絆の強さが窺《うかが》えた。

「じゃ早速アイツに会いに行くか、面倒くせーけど」

「プラシノスは今、この場を離れている。あ、えっと……あなたは」

「……あぁ、そっか、名前」

ふと気付いて彼は片方の唇を吊り上げた。

「俺はカナットだ。——アデル、あの子の守護者であるお前は、種族は違うけど俺たちの仲間だ。それを忘れんなよ」

ニッと笑う顔に親愛の情が見えて、俺は少し擽《くすぐ》ったくなって俯《うつむ》くのだった。

★
☆

カナットに送られて森の端まで移動したのち、彼と別れて再び獣道を歩き始めた。

ひとしきり歩き、やがて陽が傾き始めたところで歩を止めた。

——今日はここで夜を過ごそう。

辺りを探って寝床によさそうな場所を選び、葉っぱを盛って整える。乾いた小枝を寝床から少し離れた場所にランダムにばら撒く。

狐は耳がいいから、寝てても枯れ枝の折れる音で起きられる。

今日はティティと会えるかな……と、段々と重くなる瞼をなんとか堪えて木の実を入れた袋を側に引き寄せた。

大事な大事な、俺のティティ……。お前に早く会いたいよ……


瞼を開けると、いつもの真っ白な空間だった。

今日はティティに会える！

嬉しくなって彼が現れるのを待つ。

『ぽにょん』と音がして、喜んで振り返った俺の目に白っぽい髪が舞うのが映った。

『あでぃ！』と名前を呼びながら駆け寄ってきたティティは、ぽんと俺に飛び付いて満面の笑顔で喜んでくれる。

いつものように俺が怪我をしていないかティティが確認して、俺が持って来た木の実を二人並んで食べる。

にこにこの笑顔で木の実を摘《つ》まむ姿はさながらリスのようで、頬ずりしたいくらいに可愛い。

『ねぇ、ティティ、聞いていい？』

『うん！』

『ティティは自分が今、どこに住んでいるのか知ってる？』

『えっと……』

少し迷うようなそぶりを見せて、ティティは俺を上目遣いで見つめた。

『じゅうじんの、くに。ぼく「はんぱもの」、きらわれてるの』

その言葉に、ツキンと胸が痛む。

半端者という言葉はテスタント侯爵家にいた時に授業で習った。ティティは二次的羽化が済んでないだけなのに、見た目が完全型じゃないから半端者と間違われているのか……

『しんでんにも、入っちゃ、だめ、て。でもね。しんでん、かわってるから、外からおいのりできるよ』

『変わってる？』

『かね？　へんないろ。ひかるの』

『あ……』

ティティがいるのは、変な色の鐘がある神殿。

その特徴のある街に覚えがある。街に定住しない国民に、遠くからでも神殿の威光が示せるようにと設置された特殊な鐘。

その所在地がすぐさま頭に浮かぶ。

『ティティ。待っていて。俺、すぐに会いに行くから……』

俺の囁きを聞いて、彼はよく理解できないみたいでキョトンと瞬《しばた》いていた。

そして朝が来て目が覚める。今日も、当然だけど俺は一人だ。

でもティティのいる場所が分かった。

――待っていて、ティティ。俺が必ず迎えに行くから。

そう、俺たちはいつでも共にいるべきなんだ、ティティ。

だから今回も迎えにきたよ。

目的の貴族の屋敷の前に立ち、門扉を見上げる。この屋敷の持ち主はあんまり趣味がよくないようで、門扉も無駄に装飾されて派手派手しかった。

しかし俺を妨げるのは、その趣味の悪い門扉ではなくて、目の前に張り巡らされた空竜の結界だ。

これをなんとかしなければティティを取り戻すことができない。

「あーあーぁ、せっかく番ちゃんに会えたのに、空竜ってば可哀想」

顔が見えないようにフード付きの外套を羽織る協力者が真横に立つ。ただ辛うじて見える唇は面白そうに笑みを浮かべていた。

「この結界、壊せる？」

「もちろんさぁ～！　守護や結界は俺の十八番《おはこ》だからねぇ」

嬉しそうにそう言うと、彼はよく通る声で聞きなれない言葉を紡ぎだした。

やがて彼の声に応じるように恐ろしいまでの魔力がそこに集まり始める。

「結界壊すだけじゃ、君はすぐ空竜に捕まってしまうからさぁ。ちょっと足止めもしてあげる。俺ってば親切ぅ～」

ぱちんとウインクしてみせると、彼は集めた魔力を両手の中でさらに凝縮させた。

「さ～て、派手に弾けておいでー」

彼は掌の中で黄金色の輝きを放ちだした魔力の球を、ぺいっとまるでゴミでも放るように空竜の結界に向けて投げた。途端、地響きが起きたように結界が揺れる。

ズズズ……と細かな振動が生じた瞬間、破裂する勢いで空竜の結界は弾け飛んでしまった。

恐ろしいまでの勢いで生じた爆風は、男がすでに張っていた結界に遮られて俺には届かない。

「アデル、俺ができるのはここまでだからねぇ」

俺よりはるかにデカい体を持つ男は、おどけたように肩を竦める。

「他竜の番に手ぇ出すと神罰が下るってのにさ。ホント人使い荒いよね、アデルは」

「……アンタが手を出したのは番にじゃなくて、竜が張った結界だけだから大丈夫だろ」

「まぁそうなんだけどねぇ。じゃあ、俺はここまでってことで。んじゃ、あとは頑張ってー」

軽いノリでそう言うと、ひらりと掌を振った。

そしてフードから零れ出た一房の黄金色の髪を空に舞わせ、シュッとその姿を消してしまった。

俺はそれを横目で見送り、結界が失せた屋敷へと忍び込み、気配をもとに捜す。

そして辿り着いたサンルームで、優しい表情で本を捲《めく》る姿を発見したのだ。

そっと近づくと、人の気配に気付いたティティは愛らしい顔に微笑みを浮かべて視線を上げた。

久しぶりに見る彼の微笑みに、胸が締め付けられるほどの幸せを感じる。しかし彼は俺に気付いた瞬間、顔を強張《こわば》らせた。

――ああ……、洗脳が解け始めている。

もしかしたら、大人しく俺についてきてくれないかもしれない。

ならばもう一度、洗脳を強化すればいい……

俺はティティが好んでいた優しい笑みを浮かべて囁いた。

「――遅くなったね、俺の大切なティティ。迎えにきたよ」

机に片腕をついて体重をかける。もう片方の腕を伸ばし、壊れ物に触れるかのようにそっとティティの頭を引き寄せて自分の胸に押し付けた。

「ティティ。お前を守るのは俺だ。知っているだろう?」

愛しさを込めて言葉を紡いでいく。

まだティティの洗脳は完全には解けていない。今ならまだ大丈夫だ。

「大好きだよ、俺の大事なティティ。心配しなくていい、ゆっくり『おやすみ』」

呪詛にも似た言葉は、力を持ってジワリとティティの身体に染み込んでいく。

瞳から輝きをなくして意識を失ったティティは、糸が切れた人形のようにぐらりと身体を傾かせて俺の胸に頽《くずお》れた。

サラリと触り心地のいい月白の髪が揺れる。

顔に掛かった髪を指先で払って顔を露《あら》わにすると、彼の額に口づけを落とした。そして丁寧に優しく抱え上げる。

「ティティ。俺だけの、ティティ……行こう、俺たちのあるべき場所へ」

意識のない彼からは、もちろん返事はない。

ティティは空竜のモノ。そんなことは初めから分かっている。

でも、俺の気持ちは子供の頃から何一つ変わっていない。

「ティティ。お前は俺が必ず守る。そして最後には……」

俺はそれ以上の言葉をぐっと呑み込み、その場をあとにした。

「なぁ、俺このあと、ちょっと出かけてきていい？」

執務室で書類に目を通していると、ティティと一緒にいるはずのルゼンダが入ってきた。

「なんだ？」

「ちょっと探し物したくて。アデルってヤツがティティに子供の頃から飲ませてたお茶があるらしくってさ。ちょっと気になる」

ひょいっと肩を竦めるヤツを、眉根を寄せて見る。

「今はティティの授業の時間じゃないのか？」

「そうだけど、早めに探したくてさ。だから俺が出かけている間、アスティアが教えてやってよ」

アンタの休憩を兼ねてさ、と言外に揶揄《からか》う雰囲気を感じ取って、思わず顔を顰《しか》めてしまった。

彼はまだ私が近づくとわずかに緊張した表情を見せる。

愛しい人のその姿を見るのを少し切なく感じていたが、コイツはそんな私の気持ちにもとっくに気付いているようだ。

だが、正直ティティに会える時間ができるのは嬉しい。

にやにやしながらこっちの反応を見ているコイツは腹立たしいばかりだが、ここはありがたく提案を受けよう。

そう思って立ち上がった時。ぞわりと身体に不快な衝撃が走った。

思わず胸元を押さえ、机に腕をつく。受けた衝撃はすさまじいもので、痛みが身体を駆け巡り、動きが封じ込められる。

——結界が破られた！

ティティを見つけてからこの屋敷全体に張っていた守りの結界が、たった今破られたのだ。

同種である竜の攻撃でなければ傷一つすら付けられないほど強い結界を、一体誰が——

「ティティ!!」

誰が結界を破壊したかは分からないが、破壊した目的に思い当たった私は、身体を襲う痛みも忘れて空間を飛びティティのもとへ向かおうとした。

しかし結界を破壊された時に受けた衝撃の影響で、上手く魔力を操れず空間を飛べない。私は弾かれたように走り出していた。

ルゼンダも異変に気付いたのか、険しい表情で私のあとを追ってくる。

ティティがいるはずのサンルームの扉を荒々しく開けると、その異常な様態が目に飛び込んできた。

そこに存在するべき人はいなかった。

彼が座っていたはずの椅子は倒れ、読むために広げてあった本はページを風に遊ばせ、パラパラと揺れている。

庭園に続く硝子《ガラス》の扉は開け放たれた状態でわずかに揺れており、彼がそこから出たことを物語っていた。

「――――っ！」

私は素早く辺りに視線を流し、残る痕跡を捜す。

腹底に負の感情が急激にあふれ、ぐるぐると巡り始めた。

辺りの魔力の残滓やティティが反抗した痕跡を捜したりもしたが、手がかりは何もなく、私の唯一の大事な人は姿を消していた。

ギリギリと拳を握りしめて、私は庭園に続く扉を睨《ね》め付《つ》けた。

抵抗した跡もないから、連れ去ったのはよほど親しいヤツだと断言できる。そして半端者として扱われてきたティティに、親しい人間なんて一人しかいない！

「守護者め……っ！」

「アスティア、俺が捜す。許可をくれ！」

ルゼンダが私の肩をぐっと掴み、荒れ狂う空竜の力に呑み込まれそうな私を正気に引き戻すように叫んだ。

その声にぐっと奥歯を噛みしめ、暴走しようとする力を抑え込む。ここで無暗に力を解放すれば、さほど遠くに行っていないだろうティティも巻き込んでしまう。

「ルゼンダ、魔獣の力の行使を許可する。ティティを捜せ」

主を持つ魔獣人がその力を発揮するには主の許可が必要だ。普段ルゼンダの耳を飾る平打ちのリング状となったシルバーのピアスが、ヤツの身を包む魔獣特有の気配を押え、力を封じ込めている。

それを解放するべく、私は湧き上がる怒りのままに唸るように許可の言葉を紡いだ。

その声と同時に、ルゼンダの足元の影がふわりと揺れる。

ぬるりと影から突き出されたのは、いくつもの禍々しい触手。

ルゼンダはその触手に向けて、冷たい声で命じた。

「――アイツを殺してでも連れてこい」

サンルームの床に伸びる影がその形を崩す。弾けるように触手たちが四方八方に散る。

「ルゼンダ、お前も行け」

「了解」

私の言葉にルゼンダは短く返すと、その身を残った自分の影に潜り込ませた。

激しい怒りを抑えながら、それを眺める。

叶うなら私自身が捜しに行きたい。

しかし空竜の番がこの国で見つかったことがすでに知られている今、私が動いてしまうと竜の力を狙う輩に隙を与えてしまう。

私は身を翻して執務室に戻ると、苛立ったまま先ほどまで目を通していた書類を手に取った。

ステリアース王に命じていた、ティティの周りにいた人物の調査結果。

守護者がなぜ、ティティを狙うのか。首謀者は誰なのか。

分からないことが多すぎる。

ルゼンダがティティの行方を捜す間に、せめてこの紙束から手掛かりだけでも掴みたい。

私は手元の書類を捲《めく》り始めた。

何枚か捲《めく》ったあたりで、ふととある部分で目が止まった。

「……冒険者仲間？」

守護者のパーティ仲間であった二人に、ここ一年の間のうちに数回接触してきた者たちがいた、という報告だった。

その者たちの所属する国は――アスダイト。

覚えている。この国の者たちがティティの両親を襲撃して殺した。

ゾクリ、と悪寒が背中を這い上がる。

嫌な予感を抱えて踵《きびす》を返した私は、屋敷内の書庫へ向かった。

この国の王族が所有する屋敷の書庫なのだから、必ずあるはず。

そう当たりを付けて探してみると、他国の歴史や地理などをまとめた書架に目的のものはあった。

他国の貴族図鑑。

手早くページを捲《めく》る。そして目的の箇所を見つけ内容を読み込み始めた。

『種族：狐獣人　十二代目テスタント侯爵：タナベル・テスタント』

その名前の下に書かれた、侯爵の息子と思しき名前。

『子：アデル・テスタント　享年六歳』

辿った先にあったもの。それは守護者アデルと思われる男の正体だった。

「悪い、アスティア」

その夜。

戻ってきたルゼンダが執務室を訪れて知らせた内容は芳しくなく、ティティの行方は掴めないままだった。ルゼンダも珍しく焦っているのか、眉間に皺を寄せてイライラした様子を見せている。

そんなヤツを一瞥し、私は執務室の窓にかかるカーテンをわずかに開け、闇に沈んで何も見えない外に目を向けた。

「ルゼンダ、アスダイトに行くぞ」

「え、なんで？」

怪訝そうに顔を顰《しか》めるルゼンダに、調査結果の紙を渡した。

「守護者のアデルは、おそらくアスダイト国の貴族だ」

「は？」

「断言はできないが、あの国が空竜の番を狙っているのだろう。だとすれば、アデルの最終的な目的地はおそらくアスダイトのはずだ」

私の言葉に、ルゼンダは眼光を鋭くする。

「結果として、敵はアスティアを狙ってんの？」

「国が出てくるなら、そうだろうな」

表情も変えずに淡々と告げる。

「ここからアスダイトに向かうなら、まずは隣国のガスティンクの港から船に乗るだろう」

「まぁ、空を移動できないヤツらなら、その手段が一番手っ取り早いだろうね」

ふむ、と顎に指をかけて思案顔になったルゼンダは、ちらっと私に目を向けた。

「……で、どうする、アスティア？」

どうする、だと？　そんなの決まっている。

竜の番に手を出すのならば、守護者諸共その国を滅ぼしてしまえばいい。

「潰すぞ、その国」

短く断じると、ルゼンダはふっと小さく嗤《わら》って頷いた。

★☆

ふっと意識が浮き上がる。

重怠《だる》い身体を叱咤《しった》して瞼を開けると、僕は全く見覚えのない部屋にいた。

分厚いカーテンの隙間から入る陽の光でなんとなく周りは見えるものの、全体的に薄暗い。

僕が寝ている大きなベッドがあっても決して狭く見えない空間。上等な調度品なんて見たことないけど、ベッド脇にあるサイドテーブルの木目は美しく、上品な艶《つや》を持っていた。

「なんだか貴族の部屋っぽい」

声に出して呟いてみる。しかしこれだけ広い部屋なのに声はどこにも反響しなくて、くぐもったような聞こえづらい音として消えていってしまった。

「消音魔法？　違う、これ隠蔽魔法だ……」

秘密が多い貴族が好む隠蔽魔法。何かから隠されているのだろうか。

胸騒ぎがしてベッドから降りようと足を動かすと、右足からシャラシャラと軽やかな音がした。

「なんの音だろ？」

そっと上掛けに覆われて見えない足に触れて、無機質で硬いそれを認識したと同時に、上掛けを勢いよく剥ぎ取った。

「なに、これ……!?」

僕が目にしたのは艶《つや》を消した銀色で細めの足枷と、そこから伸びる淡い虹色に輝く華奢な鎖だった。

細い鎖を手に持ってみると、重さを感じさせないようになっているみたい。これだけ細いならちぎることができないか……と、グッと力を込めて引っ張ってみた。

——と、その時。

「っあ……。いっ……たぁ。な、に？」

まるで獣の牙で噛み付かれたような鋭い痛みが右足首に走り、とっさに押さえる。強すぎる痛みに我慢できず、呻き声が口から洩《も》れ出てしまう。

痛みに震える身体を丸め、シーツをキツく握りしめる。

随分長い時間をかけて痛みが引くまで、少しも動くことができなかった。

多少の痺れを足に残しつつも痛みが消え、ようやく動くことができるようになってから、そろりと足首に指を這わせてみる。

皮膚に違和感はなく、ゆっくりと身体を起こして目視してみた。足枷が触れる場所が少し赤くなっているだけで、特に異常はないみたい。

「魔導具、かな？」

魔導具は魔力を道具に充填して、その道具の強度を増したり、特殊な力を発動させたりするもの。魔力をふんだんに使う関係で高額なものなので、使用するのは貴族たちだけ。

これは鎖の部分に衝撃が加わると、罰としてあの痛みに襲われるのかもしれない。

僕は膝を抱えて俯《うつむ》いた。

——一体、誰が……

思案して、最後に見たのがアデルの顔だったと思い当たる。なら、これを付けたのも彼？

「アデル、なんで？」

ずっとずっと一緒にいた幼馴染《おさななじ》みなのに、そして長く支え合った恋人だったはずなのに、君の考えが分からないよ。

鬱々と沈む思考に囚われながら、閉じた瞼の裏に浮かぶのはなぜかアデルではなく、アスティアの心配そうな顔だった。

ここに連れてこられてどのくらい時間が経ったんだろう。この薄暗い部屋だと時間の感覚すら分からない。

僕は意を決して、ベッドから両足を下ろしてみた。意外に長さがあるのか、鎖で動きを妨げられることはないようだ。

よく見ると、鎖はベッドの脚の部分に固定されている。

シャランと軽やかな音を立てる鎖を少し引いてみる。スルスルと手繰り寄せた鎖は、この部屋の中なら動けるくらいの長さはあった。

それならば、と僕は鎖から手を離す。せめてカーテンでも開けようとベッドサイドで立ち上がってみた。

「う、わっ……!!」

しかし驚くことに、さっき衝撃を受けた右足にまるで力が入らなくて、バランスを崩して床に倒れ込んでしまった。

無防備に転んだせいで肘を強打してしまい、情けないけどちょっと涙目になる。

動けなくて蹲《うずくま》ったままじっとしていると、カチリと扉が開く小さな音がした。

ビクンと反射的に身体が震える。ドキドキと激しく打ち出す鼓動が煩《うるさ》い。

シャツの胸元を握りしめて身体を強張《こわば》らせていると、そっと肩に手が置かれた。

「ティティ、大丈夫？」

その声に目を大きく見開いてしまう。肘の痛みも忘れてぱっと仰ぎ見ると、優しく眦《まなじり》を緩めて微笑むアデルの姿があった。

「アデルっ……！」

「床に蹲《うずくま》ってどうした？」

しゃがみ込んで視線を合わせたアデルは、手を伸ばして転んだせいで乱れた僕の髪を丁寧に整えた。そして指の背で何度も頬のラインを辿り、ため息のように呟いた。

「ああ……ティティだ。ティティがいる」

歓喜とも安堵ともつかない表情。剣を振るう無骨な手に懐かしさを感じて俯《うつむ》いてしまった。

彼は頬で遊ばせていた手をするりと後頭部に回して優しく引き寄せると、僕の目尻に軽く口づけを落とす。そしてそのまま僕を横抱きにすると、ベッドへと座らせた。

「それで？　床に座り込んでどうした？」

「あの……カーテンを開けようと思って」

「そっか。ごめん、昼間なのに暗かったな」

彼はすっと身体を離すと窓際に歩み寄り、陽を遮るカーテンを開けた。眩しさに思わず目を細める。

アデルはその場所から振り返り、僕を見ているようだった。

逆光でアデルの顔がよく見えない。

なんだか、よく知っているはずのアデルが知らない人に見える。

「ティティに魔導具が馴染《なじ》まなくて、もう三日も眠り続けてたんだ。折角だからぐっすり寝かせてあげようと思ってカーテンを開けてなかったんだよ。ごめんね」

「魔導具……」

「うん」

毛足の長い絨毯は足音を呑み込んでしまう。しなやかな足取りで近づいたアデルは、僕の前に膝をついてそろりと僕の足首を撫でた。

「これ。気付いてたろ？　衝撃を受けて、肌が少し赤くなってる」

まるで宝玉を戴《いただ》くような丁寧な仕草で右足を持ち上げる。そしておもむろに顔を近づけて、足枷にそっと唇を落とした。

「アデルっ⁉」

ビックリして思わず足を引っ込めようとしたけど、力強いアデルの腕はそれを許さない。

少し首を傾けると赤い舌を覗かせて、衝撃を受けた場所に這わせていった。

「――っ‼」

僕は、声が出ないようにとっさに両手で口を塞ぐ。

濡れた感触が足首を執拗に辿るのを感じながら、信じられない気持ちでアデルを見下ろした。

そんな僕を下から眺めていたアデルは、目を伏せて足枷の少し上の肌をキツく吸い上げた。

「っ！」

そして名残惜しそうに唇を離すと、ゆっくりと頭を上げた。その時の表情を目にして、僕は混乱する。

なんでアデルがそんなに苦しそうな顔をするの？

「俺は、ティティにこんなもの、付けたくなかった……」

アデルは僕の肩に顔を埋《うず》めると、懺悔するかのように呟く。

「だけど、俺はアイツにまだ逆らえないいんだ……」

「アデル、アイツって誰？」

話が見えない。でもさっきの言葉から、アデルが『逆らうことのできない誰か』が、この魔導具を僕に付けさせたってことは想像できる。

つまり、アデルが僕をここに連れて来たのも、その『誰か』の命令？

ぐるぐる思考が回る。

アデルは身動き一つせずに僕の肩に顔を埋《うず》めたまま返事をしない。

「……一体何がどうなってるの？」

「言えない」

「アデ――」

「ティティ、俺は何も言えないんだ……っ！」

ぱっと顔を上げたアデルは、見たこともないくらい必死な表情をしていた。震える両掌で僕の頬を包み込む。

ひたり、と至近距離で僕の瞳を覗き込み、絞り出すように言葉を紡いだ。

「言えば……。言ってしまえば、計画が崩れる。そうしたら俺は、お前を殺さないといけない……」

キツく瞼を閉じ、額を擦り合わせる。

「殺したくない……ティティを喪いたくないんだ……っ!!」

「――」

今までに見たこともないようなアデルの姿に、僕は言葉をなくしてしまった。

彼は一体いつからこんなに苦しんでいたんだろう……

「ごめん、ティティ。俺はお前をずっと欺いていた」

低く囁く声が聞こえる。そっと頬を包んでいた掌を名残り惜しそうに離す。

そしてゆっくりと立ち上がると、その苦しそうな顔のまま僕をじっと見下ろした。

「俺はずっとずっと長い間、お前に本当のことが言えずにいた。そしてこれからも言うことはないと思う」

そう言うと、痛みを堪えるようにぐっと眉根を寄せた。

「ティティが俺を信じるのはもう難しいとは思うけど。ここで誰かがお前を傷付けないように俺が守る。お前が幸せを掴めるように必ず守るから。でももし……。万が一、お前を消さなければならない事態になったら……」

アデルはぐっと言葉を呑み込み、握りしめている拳に力を籠《こ》めた。

「――せめて苦しまないように、俺がお前を殺す」

その決意に僕は何も言葉を返せなくて、ただただアデルを見ているだけだった。

その後、アデルはもう何も話してはくれず、部屋を静かに立ち去っていった。

僕はしばらくぼんやりと魂が抜けたような状態だったけど、やがて受けた衝撃が薄れてきて、考えることができるようになった。

カーテンを開けた窓の近くに椅子を移動させ、そこに座る。

「僕を欺いてたって、何をいつからだろ……」

七歳で初めて出会ってからずっと一緒だったアデルに、一体いつからどんな風に『欺かれて』いたのか、どんなに考えても分からない。

ふと、出会ってすぐくらいのアスティアの言葉が頭をよぎった。

『貴方に守護者が付いてるって分かってても、見つけるまでは心配で堪らなかった』

そしてルゼンダの言葉もそのあとに続く。

『守護者を知らないって、そんなのあり得ない。君は今まで、誰と一緒にいたんだ？』

僕は、アデルとずっと一緒だった。

――竜の番には必ず守護者が付く？

でも僕はその存在を知らない。

――なら、アデルが守護者ってこと？　それとも……

「守護者になりすましていた……？」

これだったら欺いていたってことも、僕に言えない本当のことっていうのも辻褄は合う。

ひたすら考えていたら、頭がズンと重く鈍い痛みを訴え始めた。

ため息をついて、窓から見える景色に目を向ける。

窓の向こう側には鬱蒼とした森が広がっていて、僕は疑問に駆られた。

貴族の屋敷は大抵街の中心部か、そこに近い所にある。そして敷地も広大だから、窓のすぐ外にこんな深い森があるなんて滅多にないはずなんだけど……

「ん……？」

視界の端でチカチカと太陽の光を受けて何かが光る。

目を凝らしてもよく見えない。

僕は立ち上がって窓を開けて可能な限り体を乗り出し、その光る物を眺めた。

「あれ、街の神殿だ……」

僕とアデルが住んでいた街の神殿の鐘は変わった色をしている。

でもその鐘に太陽の光が当たると、鐘に反射した陽射しがほんのり緑がかった神秘的な七色の光となって四方八方に広がるんだ。

街から離れた所に住む人たちが頻繁に神殿に行けなくても信仰できるように、と設置された鐘。

それが森のかなり向こうに見えるということは、ここは街の西の外れ。

僕がよく薬草採取に来ていた小さな西の森から続く、他国の領土だ。

その国の名前は、ガスティンク。

人族が治める国で、獣人の国アスダイトの友好国だった。

優しい囁き声が聞こえる。少し無骨な手がゆっくりと髪を梳《と》くのを、懐かしく感じた。

まだ孤児院にいる頃。

苦しい時や悲しい時、彼がベッドサイドに腰を下ろして眠る僕の髪を梳《と》いてくれていたのを知っている。

アデルと出会うまで頭を撫でられた記憶がない僕にとって、それは彼からの優しさや親愛の情の現れに感じてとても大好きだった。

うっすらと目を覚ます。

重い瞼の向こうに、甘やかに頬を緩めるアデルの姿があった。

「ティティ。俺の大事なティティ。もうしばらく我慢して。もうすぐ、終わるから」

いつの間にか眠っていた僕のもとを訪れていたアデルは、あの苦しげな独白などなかったかのように、優しく髪を梳《と》いている。

その表情は恍惚としているのに、紡ぐ言葉はどこか苦しげで。僕はアデルに向かってそっと手を差し伸べた。

「アディ……。苦しい？」

幼い頃、まだ喋り慣れてなくて、回らない舌で呼んだアデルの愛称。

霞《かすみ》がかかったようなはっきりしない思考で、それでもアデルを呼ぶ。

今、なんとしてでも彼を繋ぎ留めないと、二度と会えなくなる予感がした。

男らしい精悍なラインを描く頬を親愛を籠《こ》めて指先で撫で、掌で包む。

「ティティ、俺は苦しくないよ。大丈夫」

伸ばした僕の手に自分の手を重ねて彼は微笑む。

「ティティを空竜へ渡して、自分の役目を全うするんだと思ってた。でも、油断した俺が悪い。そして穏やかな生活を手放したくないと、惜しんだ俺が悪い。……ティティを望んでしまった俺が、全て悪い」

アデルは悲しみに顔を歪める。今まで一度たりとも僕の前で泣いたことがない彼の、本当の顔を垣間見た気がした。

「僕はどうしたらいい？　どうしたらアデルは苦しくない？　どうしたらその悲しみは晴れるの？」

「俺の苦しみも悲しみも、ただの自業自得だから。ティティは気にしないでいい……」

僕の枕元に手をついて、アデルは覆い被さるように上体を倒して顔を近づけた。

「もう俺はティティを傷付けるだけの存在になってしまう。だからこれ、ティティにあげる」

ブツンと胸元にあるものを引きちぎる音がする。出会った頃にはもうアデルの首にあったペンダント。そのトップの石だけを摘《つ》まみ、彼は自分の唇に咥えた。

彼のもう片方の手の指が、僕の唇をまるで愛撫するかのように撫でさする。その動きに促されるように唇をわずかに開くと、ゆっくりと首が傾き、アデルの唇が重なった。

石がそっと押し込まれる。

そして彼の舌も口腔に入り込み、戯れるかのように僕の舌に絡み付いた。飴を一緒になめるかのように、石が互いの舌に転がされ口腔内をあちらこちらと彷徨《さまよ》う。

「……ん。ぅ……ん」

嬲《なぶ》る舌が、転がる石が、少しずつ官能を刺激して、甘い声が洩《も》れた。

何かとても罪深い気がして、僕は無意識にアデルの胸を押し返す。その手をアデルは強く握りしめ、さらに角度を変えて口腔内を蹂躙《じゅうりん》し始めた。

「――や、アデ……ん……っぅ」

拒絶の言葉も吸い込まれ、やがて唾液があふれて口角を辿る頃、僕はゴクリ、と混じり合った互いの唾液と押し込まれた石を呑み込んだ。


人族の国ガスティンクに連れて来られてから、少しずつ意識がハッキリしないようになってきた。いつもぼぅっと霞《かす》んだ頭を抱えて、ベッドで寝起きするだけの生活。

足首には相変わらず足枷が付いたままだったけど、それを気にするほど動くこともなく、ただシャラシャラと軽やかに鳴る鎖を眺め、窓の外に森を眺めて過ごしていた。

「ティティ、おはよう」

扉の開く音と共にアデルの声が聞こえる。ボンヤリとそう認識できるのに、声を出すのも億劫でしかたない。

そんな僕の状態を分かっているのか、返事がないのを気にする様子もなくスタスタとベッドに近づいてくる。

そして、手にしていた盥《たらい》をサイドテーブルに置く。

清潔なタオルを盥《たらい》に張ったお湯に浸して軽く絞り、丁寧に僕の顔を拭っていく。わずかに汗ばむ首元に気付いたのか、シャツのボタンを一つ外してそっとタオルを当てた。

意図せずピクリと身体が揺れる。

それを見咎《みとが》めるように目を細め、アデルは首筋に唇を押し付けた。ペロリとひと舐めし、そのままゆっくりと唇を這わせ上へ移動する。

顎を辿り耳元へ。耳朶《じだ》を唇で食《は》み、耳孔を舌で擽《くすぐ》る。

「っぁ……」

小さく声が洩《も》れて恥ずかしくて目を伏せると、アデルはようやく満足したのか、掌を頬に当て口づけてきた。

ここに来てから、アデルと口づける頻度が多くなった。

もともと子供の頃から、おはようの挨拶と共に口づけする習慣はあったけど、これほど濃厚ではなかったと思う。

でも彼と唇を交わすと、なんだか頭がスッキリする。

角度を変え、くちくちと響く淫靡な音。

それを遠くに聞きながら、僕は諦めてそっと瞼を閉じた。

重怠《だる》い身体からさらに力が抜けて、ぐったりとアデルの胸に寄り掛かる。僕の頭を軽く抱きかかえ髪に口づけを落とした彼は、独り言ちるように呟いた。

「そういえば、ティティに嫌な思いをさせた二人は、俺が処分したよ」

その言葉に僕はふるりと身を震わせてしまった。

誰とは言わないけど、僕にはそれが誰を示しているのか分かった。続くアデルの言葉にそっと耳を傾ける。

「五年前、ヤツらに空竜紋を見られてしまってから全てが狂ってしまった。俺がティティの側にいることで、お前の秘密にも気付いてしまったんだ。黙っててほしかったら成人後に冒険者パーティを組んで一緒にいろ、ってね」

すりっと頭に頬を擦り寄せてくる。遊ぶかのように髪に指を絡ませ、ゆるりと梳《と》いていく。

「あの時、レスカはまだ実家の商家住まいで、始末するには分が悪かった。そうこうする間に、今度は伴侶になれ、だと」

忌々しげに吐き捨てる。

「ずっと躱《かわ》していたら、とうとうあの遠征の時に強硬手段に出てきた。アイツら、どこからか情報を得たらしくて。アスダイトが俺を捜していること、その本当の目的がティティだと気付いてお前を売ろうとしたんだよ」

「え？」

「俺が伴侶となるのを拒否できないようにするためだろうね。俺たちを引き離して、アスダイトのヤツらに攫《さら》わせるつもりだったらしい」

衝撃の言葉に、重い頭をのろりと上げた。

「な、んで……」

「お前が空竜の番だから」

「アデル、知ってたの？」

「知ってたよ、初めから」

彼は寂しそうに笑う。

「だってお前を守ることが、俺の存在意義だから」

囁くような声は優しく、でもとても悲しい。

「アイツらから離れて、俺はアスダイトに戻ってた」

「戻る……」

「だって俺、アスダイトの人間だから。そしたら俺が、あっちに行っている間に、アイツらお前にポーションを要求しただろ？」

首を傾《かし》げる。あれはアデルの手紙だったんじゃ……

「俺がギルドに送るつもりだった手紙を流用したらしい。ティティのポーションの効き目はすごいって評判だったから、売り捌くつもりだったみたいだ」

たしかにアデルにしては素っ気ない、品物を要求するだけの内容だった……

「ティティをアスダイトに売るってだけで、すでに万死に値する。なのに、さらに搾取しようなんて……俺には我慢できなかったっ！」

柔らかな陽差しが降り注ぐ、爽やかな朝。外の世界は今日の始まりを穏やかに迎えているのに、この部屋のなんと歪んで退廃的なことか……

「アイツらは死んで当然だ」

低く唸るような声。

だけど僕には分かった。

アデルは苦しんでる。誰よりも傷付いているという、そのことに。

「アデルが苦しむ必要、ないよ」

手を伸ばして、ふわふわの髪に触れる。いつも僕にしてくれるように、アデルの気持ちも楽にしてあげたい。

「どんなアデルでも……僕は、大好きだ」

「……それは、俺がそう思わせているんだよ」

沈鬱な表情で呟き、アデルは僕から手を離した。

『俺を望むように』と。ティティをずっと洗脳してた。ずっと、ずっと。出会ってから今まで」

ぼんやりとする思考の中で「違う！」と叫ぶ。

「僕はいつだって君の幸せを願ってる。だからアデルから離れようとしたんだ。それは、その洗脳からズレる考え、だよね……？」

言葉を詰まらせる彼に、精一杯の微笑みを贈る。

僕を大事にしてくれたアデル。それが空竜の番に対しての『守護者』の役割だとしても、僕はたしかに救われていたんだ。

「僕を否定しないで、アディ」

頭がクラクラする。アデルからの口づけのあと、しばらく靄が晴れたようにスッキリしてたのに、また少しずつ思考が霧散していく。

その状態に気付いたのか、アデルはもう一度唇を重ねてきた。

さっきよりも労《いたわ》るような優しい口づけ。力が入らない僕の唇に割入り口腔に舌を差し入れる。擽《くすぐ》るように舌を絡め、そして軽い音を立てて離れていく。

僕は口の中で混じる二人分の唾液をコクリと飲み込んだ。

「俺のティティ。たしかに俺も、自分に与えられた役割とは関係なくお前を愛おしいと思ってるよ」

繊細な硝子《ガラス》に触れるように指先で頬を辿る。

そして窓の外に目を向けて、神殿の鐘が放つ光を見つめた。

「そろそろ動きがありそうだな……」

ボソッと言葉を洩《も》らし、もう一度軽く唇を重ねてきた。

「ティティはゆっくりしてて」

名残り惜しそうにサラリと髪に触れて、アデルは部屋を出ていった。残された僕は両足を抱えて顎を乗せる。

アデルの話を思い出して、そっと目を瞑る。

――レスカ、死んじゃったのか……

なんとも言えない気持ちが、ぐるぐる回る。

「ホッとした、なんて。最低………」

こんな醜い僕を、誰にも見られたくない。そう切実に思った。

幕間　三

土竜はまだ来る気配はなくて、俺は進めるだけ進もうと身繕いをして旅の準備を整えた。

ティティが住む街まであとわずか。

もう森に隠れながら進むことはできなくて、整備された街道沿いを人目を避けながら進んでいた。

あれから五日が経つけど土竜は来ない。

足を止めて、空を見上げた。

何かあったのかな。もしかしてカナットとの話し合いが上手くいかなかった？　それとも……

日にちが経つと共に不安も増す。

このままティティの所に向かっていいものか……、悩み続けてさらに四日が経った頃、ようやくプラシノスが俺の前に現れた。

さすがにいつ人が通るかも分からない街道で立ち話できる内容じゃない。

俺たちは街道から外れて、少し離れた所を流れる小川の側に腰を下ろした。

ここならこんもり茂る低木が俺たちの姿を隠してくれるし、小川の水音で会話の内容も洩《も》れにくいはずだ。

その場所で聞いたプラシノスの話は、とてもひどいものだった。

心身の均衡を崩したアスティアは、とうとう父竜によって封印魔法を掛けられることになったらしい。

彼は精神的に不安定になって、番を捜し求めて暴れて、そして身体が疲弊して、番がいない現状にさらに心が荒《すさ》む……。その悪循環から抜け出せなかったそうだ。

「寝かせたまんまだと意味ないからぁ。大体三年ごとに起こして、しばらく自分を律することができるように導いて、均衡がまた崩れそうなら寝かせるってのを繰り返すって」

「それってほとんど、寝たまま？」

「そうなるねぇ。今はとりあえず休ませて、まず身体を回復させるんだってぇ。んで、寝たままになるから、無防備じゃない？　だから空竜の城は閉じちゃうんだって。まぁ閉じても開いてても、空の上にあるから人は入れないと思うけど、君みたいに石を植え込まれたヤツを仕込まれたら大変だからねぇ」

「ティティが生きてるって言っても、無駄かな？」

「一応は伝えたよ？　でも番の子がいなくなって、六年くらいかな？　頑張ってたみたいだけど、アスティアの不調も極限まできてるみたい。二次的羽化しないと、あの状態の空竜は抑えきれないってさ」

「二次的羽化って十代半ばってカナットに聞いたぞ！　じゃあ、あと十年近くダメじゃないか」

「そうなるねぇ。番の存在に触発されて半端にアスティアが目を覚ますのもマズいし、君の……」

トントンと、魔石が埋まっている左胸を長い指で突く。

「それがどんな働きをするのか分からない以上、アスティアの側に行くこともできない。君が突然刺客にならないとも限らないでしょ～」

ゴクリと唾を飲み込む。

もしかしたら、番が生きて存在していると分かれば、空竜にティティを保護してもらえるんじゃないかって思ったけど、想像以上に番をなくしたアスティアの変調がヤバいみたいだ。

「今、番の子の居場所、バレてないでしょ？　俺が君と番の子に隠蔽魔法かけてあげる。そしたら、少なくともその物騒な石を植え込んだヤツらに見つかることはないでしょ？」

「隠れることができるなら……、それが安全でいいと俺も思う」

「うん。で、番の子が二次的羽化を果たして翼を得たら、力は桁違いに上がるから。そうしたら空竜を落ち着かせられるようになると思う。それまで隠れて大人しくしてな～」

プラシノスの言葉に、頭を忙《せわ》しなく回転させる。

隠れるなら、今ティティがいる孤児院に俺も身を寄せるのが一番手っ取り早い。

あとは……

「洗脳をどうするか……」

思わずこぼれ出た呟きを、プラシノスが拾った。

「それねぇ……」

んー……と顎に手を当てて、しばらく悩んでいたプラシノスは、チラッと俺を見て首を傾けた。

「俺の案、聞いてみる？　ちょっとエグいけど、やる価値はあるんじゃないかなぁって思うんだよねぇ」

プラシノスが珍しく俺を気遣うから、思わず身構えてしまった。

「え？　エグいって何……？」

カナットから話を聞いて、俺が命じられているのが空竜の番を洗脳することだと気付いたみたい。

プラシノスが、にこっと笑いながら続けた。

「言ったでしょ？　付け入る隙はある～って。命令は実行しつつ、その洗脳を中和しちゃうのさ～」

「中和？」

「やり方、聞くぅ？」

「い……一応？」

プラシノスみたいに性格がちょっと破綻しているようなヤツがエグイとまで言う方法だから、聞くのも少し躊躇《ためら》ってしまう。

「剛者の石の洗脳はさぁ～、普通、血を使うんだよ」

「血？」

ふと剛者の石を植え込まれたシーンを思い出す。あの時も、陛下は自分の血を含ませていた。

「剛者の石って人を操り人形にするにはもってこいの石なんだよ？　でも無限に個数があるわけじゃないから、主の血を吸わせた石を植え込んだ人間には、その人間の血を媒介にして他のヤツらを洗脳できるようにしているのさぁ」

「俺の血を飲ませるってこと？」

「まぁそうなるね。血を初めに飲ませて、メインとなる洗脳内容とキーワードを設定するのさぁ。あとはその時々でキーワードと命令する言葉を組み合わせて言うことを聞かせる感じかな？」

「……ちょっと俺にはよくわ分からない」

言っていることが理解できずに困惑しながらプラシノスを見ると、彼は「おや」と眉を上げた。

「そうだなぁ。例えば俺の番ちゃんが、カナットじゃなかったとするでしょ？　でも俺はカナットが好き。だから俺の血を飲ませてカナットに土竜の番だと思い込ませる洗脳をする。ここまでは分かる？」

「うん」

「あとはキーワードを『番ちゃん』って決めて。『番ちゃん、俺に触れて』『番ちゃん、俺にキスして』みたいに相手に行動させる言葉を組み込むってわけ。こういうのを『言霊の縛り』って言うんだよぉ」

ちょっと例えの内容が気持ち悪いけど、剛者の石で行う洗脳については理解できた。

そしてその洗脳をティティにしないといけないのかと思うと、ズンと沈んだ気持ちになる。

そんな俺の気持ちにお構いなしに、プラシノスは先を続けた。

「中和は君の体液を番の子に、番の子の体液を君に、互いに取り込めば洗脳効果が薄れるよ～」

「体液って……」

その言葉に俺が恐る恐る質問すると、プラシノスはニヤリと好色な笑みを浮かべて見せた。

「ん～なんでもいいよぉ。血液、汗、涙、唾液、そして精液」

「っ！　せ……っ⁉」

一気に赤面する俺を、プラシノスは面白そうに見つめた。

「っても、まぁ、今の君の年齢じゃ唾液、血液が妥当かな？」

「……………」

しばらく黙って考える。そして一つの矛盾に気が付いた。

「血は洗脳に使うんだろ？　だったら中和できないんじゃないのか？」

「あ、気付いた？」

あはは……と軽く笑って、プラシノスが頭を掻いた。

「洗脳に使うのはそのまんまの血さぁ。盃一杯程度を一回飲ませたらいい。大抵はワインに仕込んで飲ませているみたいだけどね。中和には乾燥した血を使うんだよ～。頻繁に飲まなきゃ中和できないから、味が分からないように薬草茶に混ぜることが多いね。血液の水気の部分に洗脳効果が、赤みを司《つかさど》る部分に中和効果があるんだってさ」

「乾燥した血液……」

「洗脳自体は簡単にできるけどぉ、中和には時間がかかるよ。……俺はね」

彼はそこで言葉を切ると、すっと俺から視線を逸らした。

間延びした軽い口調で趣味嗜好に難ありの人物だけど、プラシノスの根本的な性格は大地を司《つかさど》る竜らしく穏やかで実直なんだと、俺は気付いていた。

そのプラシノスが視線を逸らす意味が怖い。

「俺はね、洗脳ってこの世で一番残酷な拷問だって思ってる。自分の思想じゃないものを植え込まれて、意志や自由があるように見えても実際はそんなものありはしない。本当の自分を持てないまま生きていかなければならないなんて。そんなの生きているって言えないだろ？」

言葉をなくしてプラシノスを凝視する。

俺の強張《こわば》った表情に気が付いたのか、彼はふふっと笑い、身を屈《かが》めて俺の顔を覗き込んだ。

「君のことは仕方ないし、どうしようもなかったと分かってるさ、アデル。さて他竜の番に手を出すのは、神との盟約に引っ掛かるから俺ができるのはここまで。あとは君が頑張るしかない」

手を伸ばしてクシャリと髪を撫でる。

土竜らしからぬ行動に、ピクリと肩を揺らした。

「だけど、本当にどうにもならないことが起きたら俺を呼べ。俺と番の橋渡しをしてくれた礼に、一度だけ神の盟約に背いて助けてやるよ」

いつもと違う話し方。不思議に思いつつ、黙って頷いた。

「幸運を祈る、アデル」


土竜と別れて、まっすぐティティのいる街を目指した。

俺が側に行っていいのかなんて悩まなくなったから、驚くほど早く旅は進んだ。

どのくらいの日にちが過ぎたのか。獣人の国ステリアースに着いた時には、俺は一つ歳を重ねていた。

南門から目的の街に入る。大きなその街は活気に満ちていて、人々も意気揚々と働いていた。

孤児院の場所は街の人に聞いてすぐに分かった。

逸る気持ちをなんとか抑えつつ、孤児院の門の前に立つ。俺は一つ大きく深呼吸をして、「よしっ！」とその門を潜った。

長らく旅を続けていた俺の見た目はボロボロで、孤児院の院長はなんの疑問も持たずに俺を孤児と判断してくれた。そして割り当てられた相部屋の住人が、ティティだったのだ。

「君は半端者に嫌悪はあるかね？」

院長に問われ、首を振って否定する。

「ならば、相部屋を一人で使っている半端者と歳も近いし、そこにしようか。どれ案内しよう」

億劫そうに立ち上がると、住居棟の二階角部屋に案内してくれた。

「彼はこの時間、割り当てられた業務に参加してるはずだから、まず君は身体を綺麗にして休んでなさい。随分疲れて見えるからね。ここの詳しい説明はその子に聞くといいよ」

そう言うと、頭に手をポンと置いて立ち去っていった。

院長の印象は悪くない。

なら、誰がティティを迫害しているんだろう。

ティティが二次的羽化できるまでここに身を隠す以上、彼の害になる者は把握しておきたかった。

窓から外を見るけど、ティティの姿はない。

俺は院長に言われた通り、手早く身繕いを済ませた。着替えは棚の中にあったものを適当に引っ張り出して着る。

そうやって人心地ついた頃、カチリと扉が開く音がした。

期待を胸に振り返ると、そこには夢の世界で度々顔を合わせていたティティがいた。

彼は俺を視界に入れると、目を丸くしてポカンと口を開いて固まってしまった。

「ティティ、来たよ」

そっと近づき、小声で声をかける。

はっと我に返った彼は恐る恐る俺を見ると、確認するように名を呼んだ。

「…………あでぃ？」

「来たこと、喜んでくれる？」

「うん！」

ぎゅっと抱きついてくるティティを、俺も優しく抱きしめた。

発育が悪くて俺より背が低いティティの髪に頬を擦り寄せる。

やっと会えたことが嬉しくて、抱きしめる手に力が籠《こ》もる。

でも先にやるべきことを片付けないと。

俺は懐に大事に仕舞っていた袋から、中身を取り出した。ドングリくらいの大きさの青い玉はプラシノスからもらったものだった。

「ねぇ、ティティ。お前に大事な物をあげる」

ティティの手を取り、掌にその玉を落とす。

「これ、なぁに？」

「ティティを守る大事なもの。これ呑んでもらえる？」

「のむの？」

不思議そうに玉を転がし、もう一度俺を見る。

そしてなんの疑問もなく、ポイッと口の中に放り込んだ。

こくん。喉が動くのを確認して、俺も自分の分の玉を飲み込んだ。土竜がくれた、隠蔽魔法が仕込まれた魔石。

これで俺たちの存在認識が上手くできなくなって、見つかりにくくなるという。

そしてこの国に入って知ったけれど、この国では半端者の存在そのものを認めていないらしい。いない者だから名前も呼ばれることはない。

徹底してティティを隠すために、俺はそれを利用することにした。

名前はその存在を知らしめるもの。いつか誰かの口に乗って、その存在がバレないとも限らない。だから彼の『ティア』という名前を隠すことにした。

体内に取り込んだプラシノスの隠蔽魔法の玉に願う。

――この街で誰も彼の名前を口に出せないようにして。

体内からふわりと魔法の発動が波紋のように広がっていく。

アスダイト王のもとにある剛者の石をなんとかするまで、ティティを空竜に渡すわけにはいかない。そしてアスダイト王にも知られてはダメだ。

でないとアスダイト王が、空竜を支配しようと動き出してしまう。

剛者の石の呪縛から逃れ、ティティが二次的羽化できるまで、ティティの名前は誰にも呼ばせない。

そしてその時まで、しっかり彼を守り通そうと決めた。そのために矛盾しているけど、洗脳はしなきゃならない。

可愛いティティの性格を捻じ曲げたくない。

精一杯考え、俺は施す洗脳内容を決めた。

『俺を望んで』

獣人の国で迫害を受けているティティなら、「可愛い」や「大切」という言葉をキーワードにすれば、洗脳も受け入れやすいと思う。

荷物の中から、旅の途中で手に入れた盃を取り出す。

小型のナイフで掌に傷を付けると、ティティはびっくりしたような顔になった。

「あでぃ！」

「大丈夫。俺は大丈夫だから。お願いティティ。これを飲んで」

血で満たした盃を渡すと、ティティは訝《いぶか》しげな表情になった。

それはそうだ、当然の反応だと思う。いきなり血を飲めなんて言われたら、誰だって不信感を抱《いだ》くさ。

なんと言って説得しようかと悩んでいると、ティティは俺の顔を見てにこっと笑った。

そして盃を受け取ると、一気に飲み干してしまったんだ。

「ティティ!?」

「あでぃは、てぃてぃの、大事なともだち。ともだちのお願いはかなえるよ」

ニコニコ笑って盃を返してくる。

その愛らしい姿に、俺はぐっと唇を噛み締めた。

「俺の大切なティティ。これからは俺がお前をを守るね」

微笑みながら告げると、ティティは嬉しそうに笑った。

「守るの、大丈夫。でもあでぃが一緒はうれしい」

笑顔が可愛い、素直なティティ。

お前を絶対に守る。そう決めたのに。

捻れた運命の歯車は、時と共に歪な姿へと変貌して……

――思わぬ方向へと流れていった。

第四章

まだ夜が明けきれない時間帯にカチリと扉が開く音がする。

足音も立てずに近づく姿に一瞬びくんと身を竦めたけれど、アデルと気付いて警戒を解いた。

相変わらず重怠《だる》い身体を叱咤《しった》しながら、身を起こす。

「アデル、おはよう」

「キツイだろ、ティティ。寝てていい」

啄むような口づけを落として囁く。アデルの唇を大人しく受け入れるのは、そのほうが身体の怠《だる》さが緩和されて頭も少しスッキリするから。

これも洗脳なんだろうか……

間近にある、整ったアデルの顔をぼんやりと見つめる。

今、こうして彼と唇を重ねているのに、思い返すのはアスティアの貪り尽くすような口づけだった。ゾクリ、と身に覚えのある刺激が背中を走る。

アスティアはこんな僕にがっかりするだろうな……

小さな棘《とげ》のようなものが心に刺さり、ほんの少しの痛みが走る。僕はそれから目を背けるように瞼を閉じた。

「今日は移動するよ」

いつもより早い時刻に洗面を済ませると、アデルはタオルで濡れた手を拭いながら僕を振り返った。

「え、移動？」

ゆっくり顔を上げると、じっとこちらを見ているアデルがいた。

それ以上は何も言わない。

その表情からは何も窺《うかが》うことはできず、少し気まずくなって顔を背けた。

アデルはそんな僕から視線を外さなかったけど、やがてベッドの足に手を伸ばして繋いでいる鎖を外した。

「朝食は別の場所で食べよう」

軽々と僕を抱きかかえると、スタスタと歩き出した。

ここに連れて来られて初めて部屋の外に出る。広い屋敷みたいだけど恐ろしく静まり返っている。まるで誰もいないみたいだ。

実際、この屋敷に来てからアデル以外の人影を見たことがない。そもそも部屋から出ていないという理由もあるだろうけれど。

気になって辺りを見渡していると、アデルが声を掛けてきた。

「ティティ」

僕を抱えて歩くアデルを見上げると、彼はまっすぐ前を向いたままこちらに視線を向けることなく言った。

「唇を重ねている時ってね、相手が何を考えているか、案外分かるもんなんだよ」

「……え？」

何を言っているのか理解できなかった。何を考えているか分かるだって……

「アデル？」

声をかけるけど、彼はもう何も言葉を発することなく、歩き続けた。

そのまま屋敷から出て、馬車に乗る。

アデルは御者に命じてすぐに出発させた。随分急がせているみたいで、馬車の窓から見える景色が飛ぶように流れていく。

国境に近い場所のせいか街らしい街もなく、馬車が走る街道は人気《ひとけ》がほとんどなかった。

どのくらい走ったのか、途中ウトウトしていたから分からないけど、気付くとかすかに潮騒《しおさい》が耳に届くようになっていた。

窓から覗くと、美しく輝く青い海が見える。

「海だ……」

初めて見る海。本の中で様々に表現されていた言葉通り、いや、それ以上の雄大な美しさを目にして僕は言葉をなくした。

「これから船に乗ってアスダイトに向かう」

「アスダイトに？」

突然の言葉に目を瞬《しばたた》かせる。

僕は思わず彼の顔を見たけれど、アデルは窓の外に顔を向けたまま微動だにしない。

「ど、どうして……？」

「お前に会いたがっている人がいるから」

「誰？」

「アスダイト王」

その人物の名を聞いて、漠然と嫌な予感が身体中に湧き上がる。ふるりと首を横に振ってアデルの腕を掴んだ。

「や……、嫌だ、行きたくない……っ！」

「ティティ」

必死な僕の声でようやくこちらに視線を向けたアデルは、少し躊躇《ためら》いながら僕の頬に指を伸ばした。

「アスダイト行きは絶対だ」

指の背で頬をひと撫ですると、すっと手を引っ込める。

そして馬車が止まると、すぐに僕を抱え上げた。

「行こう」

御者が扉を開ける。その先には荷物を担いで行き交うたくさんの人々と、停泊している大きな船の姿があった。

アデルは危なげない足取りで馬車を降りると、そのままスタスタと船に向かう。そして船から港へと下ろされたタラップに足を乗せると、迷うことなく登り始めた。

「怖ければ掴まってて」

タラップの角度は急で、しかもゆらゆらと少し揺れている。人に抱えられている分、不安定で怖いなと思っていたから、僕は遠慮なく彼の胸元にしがみついた。

「よく聞いて」

胸元に擦り寄ったタイミングで、アデルが耳元で囁く。

「アスダイト王はこの船に乗っている。アイツは危険だ。ティティに危険が及ばないようにするには、洗脳状態にあるのが一番なんだ。しばらく怠《だる》くて、ぼーっとするのが続くよ、いいね？」

そして、顔を上げてふわっと微笑んだ。

「可愛い俺のティティ、船の旅を大人しく楽しんで？」

甲板に足を付けたタイミングで、そう言いながら額に口づけた。

少しずつ蜘蛛の糸に搦《から》め捕《と》られるように、身動きが億劫になってくる。

アデル、君は一体何を考えているの？

僕は、君を救うことはできないのかな……

僕を抱えたまま、アデルは甲板を迷うことなく進んだ。すれ違う船員たちは、アデルが通ると恭《うやうや》しく頭《こうべ》を垂れる。その光景を不思議な気持ちで見送った。

そうして一つの部屋に到着し、僕を抱えたまま器用に扉を開けた。

船独特の丸い窓から陽が差し込むその部屋は、今朝まで閉じ込められていた部屋ほどの広さはないものの、上等な調度品で整えられている。

部屋の中央に配置してあるベッドに、丁寧に座らされた。

「ここ……？」

「この船での俺の部屋。一緒にいるほうが安全だからさ」

そう言いながら、足首部分に繋がる鎖を再びベッドの足に巻き付けて固定する。

「嫌かもしれないけど、拘束具は付けたままな。ティティが攫《さら》われないようにする意味もあるから」

じっと見下ろす僕に淡々と説明する。そして作業が終わると静かに立ち上がった。

「遅くなったけど朝食持ってくる。キツかったら寝てていいよ」

指先で擽《くすぐ》るように眦《まなじり》に触れて、部屋を出ていった。

「ふぅ……」

その後ろ姿を見送って、僕は知らずに身体に入っていた力を抜いた。

「アデルが朝から変なことを言うから……」

『唇を重ねている時ってね、相手が何を考えているか案外、分かるもんなんだよ』

蘇る言葉。あれは口づけの最中にアスティアを思い出していたから？

――アデルとアスティア。

大事な幼馴染《おさななじ》みで恋人だったはずの男と、出会ったばかりの運命の番。

その人の幸せを思えば辛くても身を引くことができる相手と、思い出すだけで意識が捕らえられて離れ難《がた》く思う相手。

「よく分かんないよ……」

アデルへの想いを疑って混乱したこともある。

突然現れたアスティアへの気持ちの揺れを感じて、恐怖したこともある。

何が洗脳の影響で、何が運命による導きなのか。

そもそも『運命』なんて呼ばれるモノが本当に存在するのか……

「半端者の僕には、分からない」

身体が怠《だる》い。ヘッドボードに身体を預けて、ぐったりと目を閉じる。

その時ガチャリとノブが回って扉が開く音がした。僕ははっと目を開けて、のろのろと視線を扉へと向けた。

「お帰り、アデ――」

朝食を持ってアデルが戻ったんだと思った。でも目にした人物に口を噤んだ。

そこには立派な角を持つ厳つい体格の初老の男が立っていた。周りに護衛騎士を侍《はべ》らせている姿で、男が何者かを窺《うかが》い知る。

「ほぅ……、お前が空竜の番か」

聞こえてきた声は低くしわがれていて、なのに嫌な感じにねっとりと身体にまとわり付く感じがした。

「アデルがおらんな。しかし媒介者がおらんでも余の声にもある程度は従うはず……。『跪け』」

ギュっと何かに全身が圧迫される。

ハクリと口を開けて空気を求めるけど、虚しく唇が動くだけ。

這いずるように身体を動かし、床に跪いた。

「よしよし。『面《おもて》を上げよ』」

ヒューヒューと、呼吸に嫌な音が混じる。

直感的に、命令に従わない限り自分が苦しむのだと理解した。

のろりと顔を上げると、皺が刻まれた指が顎を掴む。

「ふむ、珍しい色合いだの。容姿も美しい。どうせ空竜を操るためだけの餌だと思っておったが、これを放置とはちと惜しい気もするの」

濁った緑の瞳に好色の光が灯る。思わずゾッとして、顔を背けてしまった。

「ふ、怯えておる。まぁ、空竜に首輪を付けるまでは手出しできんわ」

ぐっと顎を掴む指に力が入る。

無理矢理視線を戻されて歪む視界に入ったのは、ニヤリと笑うアスダイト王の顔だった。

「陛下。何をしていらっしゃるんですか」

低く掠《かす》れた声が聞こえる。

アスダイト王の肩越しに目を向けると、扉付近に立つアデルの姿があった。

「ふん、余の言霊の縛りも有効か、確認しにきただけだ」

「言霊の縛り……。洗脳は俺の役目だ」

「だが、その役目を与えたのは余ぞ。剛者の石の主が誰か忘れたとは言わさんぞ。石の媒介なくして洗脳などできまい」

アデルが殺気を含んですっと目を細める。

その殺気を感じ取り、周りの騎士たちが剣に手をかけて身構えた。

「止めよ。さすがに番と守護者の絆なくして、運命に対抗できるほどの洗脳はできん。しかし……」

アスダイト王は酷薄そうに目を眇《すが》めた。

「ちと反抗がすぎるな、アデル。躾が足りぬか」

顎から手を離して、アスダイト王はアデルの胸に指を向けた。途端、ピクリとアデルの肩が揺れる。

「剛者の石を介して、お前は空竜の番を操る。そのお前を操るのは、余ぞ」

グッとアデルが左胸を鷲掴み、脂汗を浮かべた。

しかし姿勢を崩すことなく、じっとアスダイト王を睨み続けている。

「ふふ……長き支配の間に耐性を付けたか？　だがな、いつまで保つと思う？」

空中で一文字に指を滑らせると、アデルは驚愕に目を見開いた。

「っあ!?　……ッッ!!」

「アデル!?」

ガクリと膝から崩れ落ちるアデルに、僕は思わず手を伸ばす。その瞬間、身体を縛る何かが弾ける感覚がした。

さっきまで怠《だる》くて仕方なかったのに、ふと解き放たれて自由になった気がする。胸を押さえていたアデルが何かに気付き、はっと顔を上げた。

「――見ぃつけたぁ‼」

ふぉんと空間が歪み、その姿が突如として現れた。

真っ黒な髪が宙に舞う。わずかな間しか関わっていないのに、その姿をよく知っている。

「……ルゼンダ？」

「ちょっ、やめて⁉　俺より先に呼ぶ相手いんじゃん！　俺、嫉妬で殺されちゃうよ？」

慌てた様子で振り返るルゼンダは、本気で冷や汗を浮かべていた。

「え？」

キョトンと瞬《しばた》いていると、綺麗な手が僕の目を優しく覆った。

「見つけた、私の唯一。私の愛しい人……」

背後から耳元で囁かれる。視界が掌で覆い隠されているけど、その低く耳触りのいい声の主は、しっかりと記憶に刻まれている。

「アスティア……」

「私を覚えていたね。――いい子」

眦《まなじり》に唇を寄せて、喉の奥で微かに笑いながら甘い囁きを落とす。

「貴方をアスダイトに連れて行くんじゃないかと、港を張ってて正解だったね。さぁ、行こうか……」

僕を抱き寄せて髪に唇を落とすと、次には温度の消えたひどく冷たい声を発した。

「ルゼンダ、処分していい。許す」

「やった！」

楽しげなルゼンダの声、そして一気に緊張感が増した雰囲気に、僕は必死にアスティアの袖を掴んだ。

「ア……アデルが……っ」

「アレはもう守護者ではないよ。守るべき者を守らなかった時点で、その資格を失った」

「でも!!」

「ティティ、貴方は私の番、私だけのものだ。お願い、私だけを見て……」

甘く希《こいねが》う声。

でもそれには頷けない。頷くことなんてしたくない。

目を覆い隠すアスティアの手を、僕は無理やり引き剥がす。

抜き身の剣が鳴らす甲高い金属音、くぐもる呻き声。そんな中で視界に飛び込んだのは、舞い散る血飛沫《しぶき》と倒れ伏す騎士、そして喜々として凝縮させた魔力を乱発しているルゼンダだった。

――アデルはっ⁉

視界を巡らすと、左胸を押さえたまま剣を構えるアデルの姿があった。アスダイト王を守っているように見える。

「っ！」

思わず叫ぼうとした僕を、背後からアスティアが強く抱きしめた。

「アレは、もう違う！　貴方が気にするべき存在ではない」

ゆるりと首を振るけど、アスティアの腕の力は緩まなかった。

「行こう。わざわざ死ぬ姿を見る必要はない」

強引に引かれて腕の中に囚われる。耳元で囁く声は、聞いたこともない言葉を紡ぎ、そのあとに複雑な模様を刻む魔法陣が現れた。

魔法陣が重なる部分で、足枷に繋がる鎖がぱきぱきと砕けていく。

「まって……。おねがい、まって……」

一度流れ出した涙は止まることなくあふれ、頬を伝い落ちていく。震える声での懇願は、アスティアによって一蹴された。

「待てない」

アスティアの言葉に反応して、魔法陣が瞬くように光り出す。

ヴィン……と空気が鳴り、周りの景色が霞《かす》み出した。

「アデルっ!!」

僕の声に反応したのは、ルゼンダの魔法攻撃を躱《かわ》すアデルではなく、アスダイト王その人だった。

「逃げるか、空竜！　だが、よく覚えておけ!!　お前の番は剛者の石の支配で守護者と繋がっている。守護者が死ねば、お前の番も死ぬ！　生殺与奪の権は、我、アスダイト王にあることを忘れる

「なっ！」

「きっさま……っ！」

ルゼンダが攻撃の矛先をアスダイト王に変え、剣を模《かたど》った魔力を放つ。とっさにアデルがアスダイト王を庇い、前に飛び出した。

その剣はアデルの胸を容赦なく貫き、赤い血飛沫《しぶき》を舞い散らせる。

――見ることができたのは、そこまでだった。

周りの景色が分厚いベールに覆われた……と思った瞬間、辺りの景色は一転し、どこかの見知らぬ部屋となっていた。

でも移動して場所が変わったことも、今の僕にはどうでもよかった。

ポタポタと涙があふれて落ちる。

瞼の裏に焼き付いているのは、転移の直前の剣を受けて血を流す姿。

「ティティ」

背後からアスティアが抱き竦める。だけど涙は止まらない。

「私の可愛い番。守護者と番の絆の強さは知っている。でもアデルはダメだ。剛者の石の呪詛で穢れてしまって……」

「ならっ！」

アスティアの言葉に、被せて叫ぶ。

「なら、ずっとアデルと一緒にいて、洗脳を受け続けていた僕も穢れてるよね！」

じっと目を逸らさないでアスティアを見上げる。

「ティティが穢れているなんて……、そんなこと」

「守護者とかそんなの、どうでもいい。今まで側にいて、僕を守ってくれて、愛情をくれたのは、アデルだった」

「ティティ」

「アデルだけだったんだ……」

傷付いた顔をしたアスティアがグッと言葉を詰まらせる。痛みを堪えるように目を細め、僕を抱きしめていた力を緩めた。

「貴方のその言葉が、たとえ洗脳ゆえの言葉だとしても……」

流れる涙を、アスティアの長く綺麗な指が掬う。

「貴方の望みを、私は無視することはできない……」

切なげに微笑んで顔を背ける。そして片耳に手を当てて、すっと天井を仰ぎ見た。

「ルゼンダ！一旦、引け」

『はぁあ？　クッソな国王、人質にして対処したほうがよくない!?　俺とアスティアの精神衛生上さぁっ!!』

苛つくルゼンダの声が空中から響く。

そして「もぉ～……」と頬を膨らませて不貞腐《ふてくさ》れているルゼンダが、どこからともなく姿を現した。

「ちょうどイイとこだったのにさぁ」

血まみれの袖でぐいっと頬を拭う。

ベッタリと塗り広がる血の色に、クラリと目眩がした。

「その血、アデルの……」

「あ、あの狐？　結構、深傷《ふかで》負わせたから、返り血が……」

「ルゼンダ!!」

アスティアの厳しい声にルゼンダは目を瞠《みは》って口を噤む。

アデルの血。アデルが、死んでしまう？　いなくなる？

カタリと手が震える。

唯一、僕を必要としてくれた人なのに……

「あ……。あぁぁ……」

アデルが死んでしまったら、僕は……

「ティティ、落ち着いて。ティティっ!!」

「あああああぁぁぁぁぁぁっっっ!!」

アスティアがキツく抱きしめてくれるけど、その慟哭を止めることはできなかった。

★
☆

「アイツは？」

ムッツリと不貞腐《ふてくさ》れたルゼンダが、それでも気になるのか、寝室から出てきた私に聞いてきた。

扉の真向かいの壁に凭《もた》れて待っているあたり、自分の発した言葉がどれほどまずかったのかは理解しているのだろう。

「寝ている」

短く答えて、私は歩き始めた。

ゆったりと身を起こして、何も言わずにルゼンダも付いてくる。

あの、聞いている者の心を抉るような悲痛な慟哭。

どんな理由で近づいたのであれ、あの男がティティの唯一の友人で、家族で、恋人で……何よりも支えになっていたのは間違いない。

この世にたった一人、孤独に立ち尽くすティティをこの世界に繋ぎ留め続けた男。

もちろん洗脳の影響もあるだろう。

しかし、あそこまでティティがアイツに執着するのは、この世界と自分を繋ぐ存在がいなくなることへの恐怖、また一人となってしまう、その孤独を恐れているから……

『番《わたし》』がいるのだから、と言っても理解も納得もできないのだろう。

それほど長く彼らは共にあり、そしてそれほどティティは孤独だったのだから。

足を止めて、立ち尽くす。

そして、持ち上げた掌を見つめた。

ティティの孤独、その心の闇を思うと、胸が潰れそうだった。

片手の掌で顔を覆う。あれは、私の番。私の唯一の……

だが、このままではあの子は決して私を受け入れないだろう。

――私の、モノ……なのに……っ！

心の奥底でどす黒いものが渦巻くと同時に、ガシッと肩を掴まれた。我に返り、詰めていた息を吐く。

「落ち着け、アスティア。まだまだ他に考えることがあるだろーが」

「……そうだな」

一つ息を吐き、ふるりと頭を横に振った。

「……で、あの剛者の石、元魔獣のお前は知ってるのか？」

「まぁ存在は知ってる。アレはさー、本当は人の頭位のサイズに育って初めて利用価値が出るんだよなぁ……」

「育つ？」

「魔石って言っても、アレは植物と石の混合物だから、どっちかっつーと組成的には琥珀に似てるかもな」

「そもそも使い方はどうなっているんだ？」

「育った石、親石って言うんだけど、それを砕いて操りたいヤツに植え込む。植物成分が入ってるから、身体に根を張って定着すんの。親石は持ち主を設定できるんだけど、その親石の主の命令に絶対服従ってなる」

「それがアスダイト王か……」

「そーなるね。たしか親石の主は設定変更可能だったと思うけど、あーいうヤバめなモンって門外不出っていうか、秘密にされやすいから、詳しくは知らない。だけどあそこの王族が代々引き継いでいるって話は昔からある」

「そうか……。ならばヤツら以外に詳しい者となると……」

「やっぱ土竜じゃない？」

ルゼンダの一言にため息が洩《も》れてしまった。

「え、何なに？　ヤバいヤツなの、土竜って？」

他の竜に会ったことがないルゼンダは興味津々の様子を見せる。その姿に、私は片眉を持ち上げて断言した。

「空と地面が交わることがないように、私と土竜も相容れることはない」

「は？　それってどういう意味？」

「絶望的に相性が悪い、ということだ」

言い捨てて歩き出す。

できれば生涯関わり合いたくない相手ではあるけど、大事な番のためには我慢も必要か……

相手を思うと非常に苦いモノが込み上げてくるが、愛しい人の笑顔を思い、グッと呑み込むのだった。

『どこだ、ここは……』

あれから空の一族へアスダイト国を調べるように命じ、そして嫌々ながらも土竜に打診して会う手筈を整えた。

他にも細々とした用件を処理して、ようやくベッドに入ったのは日付が代わって随分と経ってからだった。

そして気付くと、この真っ白い空間に立っていた。

上も下も、右も左もわからなくなりそうな……、そんな不思議な世界。

どこかの手の者による精神攻撃か、と身構えた時、突然キラキラとした小さな結晶が降り注ぎ、いくつもの鏡を創り出していった。

『なんだ……？』

攻撃性を感じず、わずかに警戒を解く。すると鏡の中心がジワリと滲《にじ》み、何かの形を作り始めた。

それを油断なく眺めていた私は、その形が表すモノに早々に気が付いた。

『ティティ』

まだ親の庇護が必要なくらい小さな頃の私の番。

でも手には洗濯のカゴを持って、小さな足を動かして一生懸命に走っている。周囲にいる同じ年頃の子供たちは、神殿で礼拝をして菓子を食べているというのに……

別の鏡には、ほんの小さな失敗を咎《とが》められ、掌に鞭を受ける姿があった。

別の鏡には、裏庭らしき狭い空間で、雪降る夜空を薄着に裸足で見上げている彼の姿。見る鏡、見る鏡。辛いティティの過去を映す。

『っ!!』

思わず息を呑み、ギリギリと拳を握りしめる。

掌に爪が食い込み、傷からは血があふれ、床へ滴《したた》り落ちていく。だが拳を緩めることはない。緩めることなんてできるはずがなかった。

これが『後天性獣人』『半端者』と蔑《さげす》まれてきたティティの過去。

小さなティティは、怒られても躾と称して叩かれても、絶対に泣かなかった。

辛い夜には外界から身を守る貝のように布団の中で小さく丸まって耐えて、次の日には子供らしからぬ凪いだ表情で淡々と与えられた仕事を片付ける。

どのくらい、それを見続けていただろう。

ふと、全開の笑顔のティティが、とある鏡に映った。

それを初めとして、順に鏡の中のティティの表情が変わっていく。

その小さなティティの視線の先にあるのは、茶色の髪の間でぴくぴくと動く獣耳を持ち、ふっくりとした尻尾を揺らして、優しく微笑むアデルの姿だった。

★
☆

ふと気が付くと辺り一面真っ白の、何も存在しない世界で座り込んでいた。

『あ』

その場所のことをすぐに思い出す。ここはアデルと出会った夢の世界だ。

あの頃、夢の中の友達に会いに行くのが楽しみだった。

あの子が本当に会いに来た時には、とっても驚いたけど……

ふふ……っと笑いを洩《も》らす。そして抱えた足に顔を埋《うず》めた。

――ここに来たって、アデルには会えないのに。

現実でアデルと顔を会わせてから、一度だって訪れたことのないこの場所に、なんで今来ているんだろう。

瞼を閉じれば、最後に見たあの場面が思い浮かぶ。

たくさんの血を流しているアデル。ギュッと心臓が締め付けられ、全身が冷たくなる。

最後に叫んだアスダイト王の言葉。あれが本当なら僕が生きている以上、アデルだって生きてるはず。

それを知れることだけが、唯一の救いだった。

ボンヤリと考えている頭の片隅に、不意にアスティアの顔が浮かんだ。どこかの部屋に転移したあと、僕が叫んだ言葉にひどく傷ついていた。

傷つけるつもりはなかった……なんてとてもじゃないけど言えない。

アデルを庇えば、番であるアスティアが不快に感じたり傷ついたりするのは当然なのに、あの時は必死すぎてそこまで考えることができなかった。

『ごめんなさい』

どこにあるとも知れない天を見上げ、この場にいないアスティアへの謝罪を口にする。

――本当にごめんなさい。こんな僕が番だなんて……

その時、どこからともなくチリチリと音がし始めた。

硬質な物が擦れ合うような音。微かだけど、何かを主張するように耳に響く。

ぱちぱちと瞬《しばた》いていると、キラキラとした小さな結晶が降り注ぎ始めて、一つの鏡を創り出していった。

『何、これ？』

ここに来ていた頃、こんな現象はなかったのに。

不思議に思いながら鏡を見つめる。手を伸ばして触れようとすると、映る自分がユラリと揺れて形を崩していった。

そしてゆっくりと別の映像を映し始めて、僕は思わずその名前を呼んでいた。

『アスティア……』

目の前の鏡に映るのは、おそらく十歳前後くらいのアスティアだった。同じ綺麗な空色の髪を持つ父親らしき男性と一緒に、とても嬉しそうな笑顔を見せている。

美しい顔に浮かぶキラキラと輝く笑顔に見惚れていると、アスティアは何かをサラサラと紙に書いて父親らしき男性に見せていた。彼はそれを見て一瞬キョトンとしていたけど、次の瞬間には破顔してアスティアの頭を撫でていた。

『何を書いたんだろう？』

不思議に思ってアスティアの手元の紙に視線を向けても、書かれた文字の意味が分からなくて困惑してしまった。

そこには『ティア』と、綺麗な筆跡で書かれた文字があった。

『僕の名前？』

声に反応するかのように場面は展開して、さっきと同じくらいの年頃のアスティアが沈鬱な表情で窓の外を眺めている場面となった。胸元をまだ小さい手で押さえていて、悲しみを湛《たた》えた彼の瞳は揺れている。

その年齢の子供には重すぎる苦しみを抱えているように見えて、僕は思わず鏡の表面を撫でてしまっていた。

『大丈夫。大丈夫だよ、アスティア』

聞こえるはずがないのに。でも何かしてあげたかった。

しかしアスティアは何かに気付いたみたいに、手に力を入れて胸元をぐっと握りしめた。そして決意した目で遠くを眺めて呟く。

『え？　なに？』

鏡に問うけど、もちろん返事があるはずがない。

その映像以降に映し出されるアスティアは、苦悩と悲嘆と、そして絶望に彩られた顔をして、懸命に何かを捜しているようだった。

『何をそんなに捜してるの？　苦しいなら、止めればいいのに……』

巡らせる視線に、求めるものへの渇望が見える。なのに中々捜し出せず、まるで血を吐くかのように絶叫し、苦しみに身悶えていた。

あまりの悲痛な様子に、思わず視線を背けようとした時。

あの時の、あの場面が映し出されたんだ。

夕暮れ時の南門の近くで彼はふと何かに気付いたように一旦動きを止めて、そしておもむろに頭を動かし探るように周囲に目を向ける。

そしてある一点で目を止めて、愕然と目を見開いた。

そこに映るのは、あの日の僕。

僕を見つめるアスティアの顔を、僕は絶対に忘れることができないと思う。

切望したものを見つけ、想像を絶する歓喜と再び失うことへの強い恐怖を抱え、歩き始めてしまった僕に縋《すが》り付くように手を伸ばしている、その姿、その表情。

『もしかして、僕を捜していたの？』

鏡の中の彼は、僕を逃さないように強く抱きしめて今にも泣きそうな顔になっていた。

『ずっと、ずっと……。僕を捜してくれていたの、アスティア？』

あの短い期間に彼が示してくれた愛情は、定められた運命に示す義務なんかじゃなくて、本心からだったんだね？

そっと鏡の表面を指先で撫でる。

すると耳に心地いいアスティアの声が聞こえた気がした。

『ああ……、やっと見つけた。私の宝玉』

その嬉しさと愛しさと安堵が混じる声に、『ああ……僕は求められていたんだ』と強く感じた。

僕を抱きしめるアスティアに、引き寄せられるように手を伸ばす。そして鏡の表面だと分かっていても、そっと唇を寄せて愛情を込めて口づけを落とした。

――パキン……。

薄氷を踏み抜いたような音がする。

顔を離して見ると、鏡に大きなヒビが入っていた。びっくりして身を離すと、パキパキと音を響かせながら亀裂を広げていく。

そしてパキ……ンと最終段階の音を鳴らしたのち、鏡は粉々に砕け散ってしまった。

思わず両手で顔を覆って衝撃を避けた僕の耳に、柔らかな声が聞こえてくる。

『……ティティ？』

その訝《いぶか》しげな声に、うっすらと瞼を開いて頭を巡らせてみる。

するとそこには、びっくりした顔で佇むアスティアの姿があった。

『アスティア？』

思わず目を瞬《しばたた》かせる。

驚いた顔をしていた彼は、僕の視線に気付くと辛そうに目を伏せてしまった。

その動きに周囲の空気が揺れて、ふわりと広がる匂いがあった。それに気付いて視線を動かし、匂いのもとを辿ると、血を流してもなおキツく握りしめている拳があった。

アスティアが怪我してる⁉

驚いてしまって、僕は慌てて立ち上がり彼に駆け寄った。その行動に気付いているだろうに、アスティアは決して僕を見ない。

それを無性に寂しく感じながら、懐から布を取り出して彼の手を包みこんだ。

この夢の不思議なところ。それは自分が現実世界で持っているものを、こちら側でも取り出すことができるところだ。

アデルと会っていた時に気付いたけど、あの時は子供すぎて特別疑問には思わなかった。でもあの時アデルも木の実を取り出していたっけ。

そんなことを考えながら、ゆっくりと彼の指を開いていく。

抵抗なく開いた掌には爪の食い込んだ跡があり、ジクジクと血を滲《にじ》ませていた。眉を顰《ひそ》めてその傷を眺める。

チラリとアスティアに視線を向けると、彼の瞳は暗く沈み何も語ろうとはしなかった。

その表情は、さっき鏡で見た過去のアスティアと被るものがあって、深く追求することを躊躇《ためら》ってしまう。

大きく息をついて片手で傷を圧迫しながら、もう片方の手でポーションを取り出す。外傷に特化したそれを掌に数滴落として、撫でるように広げていった。

傷に沁みたのか、アスティアの手がビクッと動く。

僕は宥めるように、傷が消えていく掌をもう一度擦った。

塗った薬が染み込み傷も癒えたところで手を離そうとして、不意にギュっとアスティアの手が僕の手を握り込んだ。

『……アスティア？』

見上げると、そこには寂しそうな顔のアスティアがいた。その表情に、なんとも言えない気持ちになる。

僕たちは番で、そして手を伸ばせば簡単に触れ合えるほど近くにいるのに、二人共とても孤独で寂しいなんて。運命で繋がってるはずなのに、なんて悲しい関係なんだろう……

アスティアにこんな顔をさせているのは、番という関係を受け入れきれない僕のせいなのに。

『……鏡を見た』

ぽつりと落ちる言葉。

彼と視線を合わせると、僕の手を握り込んだまま悲しげな微笑みを浮かべていた。

『かがみ……』

僕が見たような鏡の中の映像を、彼も見たのだろうか？

『貴方のあの守護者へ向ける気持ちがどんなものか、今まで私には理解できなかった。正直今でも理解したくはない。でも………』

両腕を伸ばして、包み込むように抱きしめてきた。

『あの守護者がいなければ、貴方はきっと生きることをとっくの昔に諦めていたのだろう……』

その言葉に、小さく身じろぐ。

彼は鏡の中に、一体何を見たんだろう。

『アレは貴方を洗脳していた。でも根本的なところで、たしかに貴方を大事に守っていたんだと思い知らされた』

『アスティア……』

『でも、理解しても思い知らされても、貴方を手放すことなんてしたくない。そんなの……絶対に無理だ……』

ググッと抱きしめている腕に力が籠《こ》もる。

離したくない、離すのが怖い、と全身で訴えているように感じて、僕はアスティアの胸にそっと凭《もた》れ掛かった。

『僕も見たよ、鏡』

アデルの腕に包まれていた時には、彼の幸せを思えばいつか手放さなきゃ……と考えていた。だけどアスティアの腕の中は、いつまでもいていいのだと安心感を与えてくる。

僕には番がどんなものかなんて分からない。獣人だけど半端者だから、その運命を感じ取ることができないんだと思う。

でも、もしかしたら……この出会ってからの短い間に、彼が僕に与えてくれた愛情を信じていいなら、僕はもっと貪欲にアスティアを求めていいのかもしれない。

僕を包み込むように抱きしめているアスティアが、その時ふと、僕に縋《すが》り付いているように感じた。

『見てて不思議だった。僕は孤児で親にも必要とされなかったとずっと思っていたのに。アスティアは一生懸命、僕を捜してくれてたんだね』

『だけど捜しきれず、貴方は随分辛い目に遭《あ》ってしまった』

『……僕ね』

アスティアの悲しそうな顔を見上げて、そして俯《うつむ》く。

『アデルの人生に、僕はいらないってずっと思ってたんだ。身体機能も頭脳も優れた完璧な獣人。そんな彼の側に、半端者《ぼく》がいることが彼の最大の汚点だなって』

アスティアは黙って僕の言葉に耳を傾けている。

『彼から離れるのはすごく寂しい。でもアデルが幸せになれるならいいかなって。だけどアスティアは違う。貴方がずっと僕を捜してるのを見たら、僕はこの人にならら手を伸ばしてもいいのかなって思ったんだよ』

南門で初めて出会ってから、アスティアと顔を合わせて話をした時間は恐ろしく少ない。

でもその短い時間の中で、彼が僕にくれた優しさも愛情も独占欲も嫉妬の心も、全ては僕自身へ向けてくれたものなんだ。

僕だけに向けられた、その感情。

アスティアにとっては、番《ぼく》は単に神が定めた相手にすぎないとしても、僕には僕自身をここまで必死に求めてくれる相手を手放すことなんてできない。

決して見ないようにしていた自分の心と、きちんと向き合うべき時が来たんだと思った。

『ティティ……』

『この人が欲しいって、僕が望んでもいいのかなって』

本当はこんな言葉を口にするのは怖い。

半端者が高望みをしてる、なんて嘲笑《あざわら》われるのが怖い。

自分のモノだと思ったものが本当は違ったなんてことになったら、哀しくてどうにかなってしまいそう。

でもあの鏡の中の必死な姿のアスティアを見たら、ほんの少し勇気を出して手を伸ばしてみようと思った。

『僕には番とか運命とか分からない。でも出会って今まで僕に見せてくれたアスティアの想いは、ずっと僕を幸せな気分にしてくれていたんだ』

だけど、アスティアからはなんの反応もない。

やっぱり僕は間違えたのかもしれないと、ツキリと胸が痛くて俯《うつむ》いてしまった。滲《にじ》みそうになる涙を堪えていた、その時。

『信じられない……』

ポツリとアスティアの声が聞こえた。彼は僕の肩を掴むと胸から離した。そして震える両方の掌で僕の頬を包むと、ゆっくりと上を向かせ視線を合わせてきた。

『私を望んでくれるの、ティティ？』

掠《かす》れた声が震えている。

彼の見開いた目には狂おしいほどの愛と歓喜があって、僕はアスティアの手に自分の手を重ねた。

『半端者の僕が望むこと、許してくれる？』

『貴方が望んでくれないのなら、私に生きている意味なんてない』

コツンと額を合わせる。

『私の可愛いティティ。私には貴方だけ。貴方だけを愛している』

ゆっくりと傾く顔を見つめる。やがて重なる唇は、トロリと甘く痺れるような歓喜を齎《もたら》してくれた。

優しく啄むような口づけ。

ちゅっと音を立てて離れた唇を、少し寂しく思いながらゆっくりと瞼を開けると、近距離でうっとりと微笑む綺麗な顔があった。

夕焼け色の瞳に赤くなっている僕が映る。

じっとその瞳に見惚れていると、アスティアは指の背でソロリと僕の頬を撫でた。

愛撫にも似た、愛おしさを含んだ接触。

真正面からアスティアの秀麗な顔が僕を甘く見つめる様子に、なんだか気恥ずかしくなって少し俯《うつむ》いた。

彼は僕の髪に口づけ、髪に指を絡めるようにゆっくりと梳《と》いてきた。

『貴方が私を選んでくれたから、私も貴方の望みを叶えてあげる』

『僕の望み？』

首を傾《かし》げると、彼は目尻に唇を寄せて軽く口づけた。

チロリと赤い舌で滲《にじ》んでいた涙を舐め取る。

『僕の、望み……は』

すっと視線が落ちる。僕はアスティアを望んだ。彼の手を取ったんだ。だから……

『貴方の心を占めるのがあの男なら、私は絶対に許さない』

まるで心を読んだようにアスティアが言葉を紡ぐ。

『でも貴方は私を選んでくれた。ならば私の大事な番が、自分の「守護者」を取り返したいと思うのに、「良い」も「悪い」もないんだよ』

はっと顔を上げると、アスティアはなんの憂いもないように強く笑った。

『もちろんアイツを奪還したら、それなりに制裁を下すと思うけど、それは許してくれるね？』

ふふ……っと優しげな微笑みなのに、怖いことを言う。

少し顎を引いて上目遣いで彼を見ると、その視線を遮るように掌を僕の目に当てて視界を覆った。

『たしかに私はあの男が気に入らない。でもそれ以上に空竜の番とその守護者に手を出したヤツらに憤りを感じて仕方ない。……ヤツらは知らなければならない』

アスティアの声が、低く冷たくなる。

それに比例して辺りの空気もズンと重くなり、ジワリと圧迫するように圧《の》し掛《か》かる。

『自分たちが、一体何を怒らせたのかを……ね』
竜の逆鱗に触れたのだから、それ相応の償いをしてもらおう。
続く言葉は音にはならない。でも察することは容易《たやす》かった。
そして、そのあとに密やかに落ちるアスティアの言葉を、僕はたしかに聞いた。
――楽に死ねると思わないことだ。

第五章

パチリと目を醒ます。

見慣れない部屋に、つい辺りを見渡してしまう。

「ここ……」

昨日のことはハッキリ覚えている。僕はアスティアに連れられてどこかへ転移したはず。

でも南門で出会ったあとに移動した屋敷とは、あまりにも内装が違いすぎた。

部屋の内装は淡いブルーと白を基調としていて、爽やかな配色でまとめられている。天蓋に吊るされている白く薄いカーテンも、どこからか入り込む緩やかな風にひらめき、ゆらゆらと優雅に揺れていた。

「ここは？」

巡らせた視界の先にある窓から見えるのは、澄みきった青空のみ。

僕は窓を覗いてみようと、ベッドから降りるべく上掛けを捲《めく》る。

その時、耳に軽やかな音が聞こえてきた。ハッとして足元を見ると、アデルに付けられた拘束の魔導具の姿はなく、綺麗な青色の石を飾るアンクレットがあった。

そろりと指で撫でてみる。

「綺麗……。アスティアの髪みたい」

陽の光を受けてキラキラと輝く美しい石。色味もその存在感も、類稀《たぐいまれ》なる存在である空竜のようで、思わず口元が綻んだ。

「好き、だな」

「それは私、が？」

不意に響いた声に、ドキリとして振り返る。

そこには繊細な模様が刻まれた真っ白な扉に寄りかかり、腕を組んでこちらを見ているアスティアがいた。

「あ……え？」

聞かれていたとは思わなくて、かぁっと顔が熱くなる。

「ねぇ、教えて？」

組んでいた腕を解くと、ツカツカと歩み寄ってくる。

見つめてくる夕焼け色の瞳は、楽しげな光と愛おしくて堪らないという甘さを含んでいた。

「その言葉、私に向けたのならいいけど、そのアンクレットに向けてだったら、やきもちを焼いてしまいそうだ」

頤《おとがい》に指を掛けて優しく持ち上げる。

ちゅっと軽く唇を合わせて、アスティアは目を細めた。

「さぁ、私に教えて？」

「っっ……」

恥ずかしくて何も言えないままウロウロと視線を彷徨《さまよ》わせたけれど、諦める様子のないアスティアに観念して視線を戻した。

「アスティアに向けて、だよ」

その瞬間のアスティアは、筆舌に尽くしがたいくらいの色気をダダ漏れにして、僕をぎゅうぎゅうに抱きしめてきた。

「なんて可愛いんだ……っ!!」

その喜び全開の様子に、「ああ、愛されてるんだな」と実感する。ホワリと胸が温かくなって、僕は緩む気配のないアスティアの腕をてしてしと軽く叩いた。

「これ、アスティアがプレゼントしてくれたの？」

「プレゼント、というほどのものじゃないよ」

クスクス笑いながら、彼は少し身を屈《かが》めて僕を横抱きした。

「あの胸糞悪い魔導具が不愉快だったから、何かで上書きしたかった私の我が儘だ」

言いながら窓辺に近づく。

「ご覧、ここが空竜城、私たちの棲家だよ」

窓から見える景色は、空だけ。遠くに真っ白な雲がわずかに漂っているのが見える。

「…………空？」

「そうだよ。世の半分を支配する空竜に相応《ふさわ》しい場所だと思わない？」

僕はぽかんと窓の外を眺めて、そしてアスティアを見た。

「えっと。じゃ僕、ここから出られない？」

「いや、行きたい所があれば私が連れて行く」

そう言うと、アスティアはにっこりと笑った。

「そもそも愛しい人を一人にするつもりはないからね。さぁ朝食を食べに行こう」

そのまま歩き出した彼に、僕は慌てて声をかけた。

「ま……待って！　自分で歩けるからっ！」

「ダメ。私が抱いていたい」

優しく却下されて、歩みが再開される。

部屋から廊下に出て目的地を目指す中で、出会う人たちが見てない振りをして恭《うやうや》しく頭《こうべ》を垂れるのがいたたまれない。

恥ずかしくてつい俯《うつむ》いて顔を隠していると、アスティアが不機嫌そうに身体を揺すった。

「顔が見えないから、俯《うつむ》かないで」

「でも大の大人が抱き上げられて運ばれる状況が、恥ずかしいんだけど……」

「ふふ。恥ずかしくて、うっすら赤くなって伏し目がちになってるの、すごく色っぽくて可愛い。だから隠してはダメ」

「いろ……っ!?」

僕に色気なんてあるはずがない。聞き間違いかなとまじまじとアスティアを見つめると、彼はうっとりと目を細めて額に口づけた。

「うっわ〜……。アスティアが激甘とか、違和感ハンパないねぇ〜……」

不意に聞き覚えのない声が響く。

ビクンと跳ねる身体を宥めて、チラリとアスティアを見た。すると明らかに不機嫌全開になっている。

声の主を探そうとアスティアの肩越しに目を向けると、ものすごく存在感のある人物が立っていた。

緩やかなクセのある髪は黄金色。瞳は赤味がかったシリトンのような黄色。筋肉の付いたガッチリとした体躯は、身長が高いのもあって半端ない存在感を放っていた。

——黄金色の髪……

ふと記憶に引っ掛かる。

彼はたぶん、土竜。

もう一度アスティアに視線を向けると、突然現れたその人から僕を隠すかのように振り向きもしなかった。

「何しに来た、プラシノス」

「えぇ〜、ご挨拶ぅ。君が呼んだんじゃん！」

ぶうぶうと文句を言ってるけど、間延びした言い方が随分印象と掛け離れている。気になってもう一度視線を向けると、彼はぱぁっと嬉しそうな顔になったかと思うと、足早に近づいてきてアスティアの背後から僕を覗き込んだ。

「わぁ～……、かっわいい～！　さすが空竜の番。見事なコバルトブルーの瞳だねぇ」

「見るな」

「あはは～。だって気になるしぃ。でもさ、まだ二次的羽化してないのに、空竜城《ここ》に連れてきてよかったのぉ？」

え？　僕、来たらダメな場所なの？

不安になってアスティアの胸元を握り込む。アスティアは腕の角度を変えて、僕を胸に寄り掛からせた。そして宥めるように頭部にすりっと頬を寄せた。

「余計なことを言うな。ティティが不安がってる」

なんだかアスティアの対応が刺々しい。なのに対するプラシノスと呼ばれた男の人は全く気にしていないようだった。

「あの、アスティア？　土竜様に僕もご挨拶……」

「いらん」

「あ、よろしくぅ。俺のことプラシノスって呼んで？」

すかさず却下してきたアスティアもすごいけど、全く意に介さずに名乗ってきたプラシノスもすごいと思う。さらに……

「ねぇねぇ、察するに今から朝ごはん？　俺も一緒していい～い？　いいよねぇ、俺を呼んだのアスティアだもんねぇ？」

笑顔を一切見せないアスティアに、そこまで要求してくるメンタルの強さは最強だと思う。

その後アスティアが反応しないことをいいことに、本当に朝食の席にやってきた。

「うっま〜……。朝から美味しいもの食べられるって幸せだねぇ」

上品にカトラリーを使っているけど、食べ方は豪快。次々に皿を空けていきながら、プラシノスは満足そうだ。

「ティティ？　アレを見ていても、腹は膨れない。貴方もちゃんと食べて？」

テーブルに着く時、すかさず膝の上に乗せようとしたアスティアをなんとか回避して一人で椅子に座る権利をもぎ取った僕は、すごい食欲を見せるプラシノスから目が離せなかった。

それが面白くないのか、アスティアがせっせと僕の口元に食べ物を運んでくる。

それに気付いたプラシノスは、にやにやと笑いながら頬杖をついた。

「アスティアの給餌行動かぁ。暴れん坊で手が付けられなかった子供が大きくなったねぇ」

「死ね」

なんの前触れもなく突然放出された殺傷能力が高そうな攻撃魔法を、プラシノスは「げっ!!」と呟きながら避ける。

「やだ、落ち着けアスティア」

プラシノスは冷や汗をかきながら、両手を小さく上げて降参ポーズを取る。

「今俺を殺しちゃったら、あの魔石の情報得られないだろ〜。君の大事な番ちゃんの、愛しい彼氏が取り返せないじゃん」

ピクリ。アスティアのこめかみに青筋が立つのが見えた。僕はカトラリーを脇に置いて、プラシノスを注視する。

この人、アスティアを煽ってる。なんで？

僕の視線に気付いたのか、プラシノスはニンマリ笑って手にしたナイフで僕を指した。

「番ちゃんも、アデルを取り返したいと思うなら、アスティアの手綱ちゃんと取らないとねぇ」

愉快そうに目を細めるプラシノスが、僕には少し恐ろしく感じた。

微妙に殺伐とした雰囲気の中で朝食を終えて、場所を変えてお茶をすることになった。身長の高い二人はゆっくりと歩調を緩めて、僕の歩幅に合わせてくれる。

そして到着した場所は、空にせり出すように広がるテラスだった。

テラスと言うには広すぎるその場所は、真っ白な大理石の床に華奢なテーブルセットが置かれ、優雅な雰囲気を醸し出している。

テラスの先、本来ならば転落防止にバラストレードが設置される所には何もなくて、広々と広がる青い空を存分に見渡すことができた。

遮るものは何もなくて恐ろしささえ感じるのに、身体に感じる風は穏やかで優しい。

きょろきょろと辺りを見渡していると、アスティアがくすっと笑った。

「風が強くないのが不思議なの？」

思わず強く頷くと、アスティアは笑顔のまま席へとエスコートしてくれた。

「魔獣対策で結界が張ってあるんだよ。空にも魔獣はいるからね。その影響で受ける風も弱まるんだ」

　カタンと椅子に座る。

　アスティアとプラシノスも同じく腰を落ち着けると、早速とばかりにプラシノスが話し出した。

「アスティアはさぁ、どこまで知ってんの～？」

「それは……」

　アスティアが質問に答えようとした時、カチッと音がしてテラスへの扉が開いた。ティーワゴンを押して入ってきたのはルゼンダだった。

　テーブルの近くまで来ると、手慣れた手付きでお茶を淹《い》れ始める。その優雅な手付きをボンヤリ眺めていると、アスティアはサラッと僕の髪を手櫛で梳《と》いてきた。

「え？」

「顔が見えないと寂しいから、こっちを向いて？」

「お～い、アスティア。俺、質問したよ？　質問した俺が、返事を全力で待ってるよぉ～？」

「うっせぇ……」

　かちゃっと微かに音を立ててカップを置いたルゼンダが、胡乱《うろん》な眼差しをプラシノスに向けると、口悪く呟いた。

「ここの主従ってひどいよねぇ、番ちゃん……」

「あ、僕の名前……」

「あ、うん。名前呼んじゃうと、俺、殺されそうだから。ゴメンねぇ」

にっこり笑い、カップにポトポト砂糖を落としていく。

「ちなみにアデルの状態を、番ちゃんはどこまで知ってるのぉ？」

「僕、あまり知らなくて。アデルがアスダイト王の命令で僕を洗脳してたことと、王に逆らえない何かがあること、アデルが死ねば僕も死ぬということくらい……」

「ホントだ。あんまり知らないんだねぇ。空竜がワザと教えてない？」

「そんな状況じゃなかっただけだ」

チッと舌打ちしそうな雰囲気のアスティアは、僕の髪から手を離してプラシノスに向き直った。

「アデルに埋め込まれている剛者の石は、取り出すことができるのか？」

「それは、無理ぃ～」

プラシノスは肩を竦めて、お茶と共にテーブルに出されたクッキーをヒョイっと摘《つ》まんだ。頬杖をついてサクサク齧《かじ》る。

「あれは身体に根を張るからね。引っこ抜こうと思ったら、滅茶苦茶痛いよぉ。それに大抵は植え込む時に、条件付けしてると思うし、なお無理」

「条件、とは？」

「あれって植え込む相手を隷属化させて操るのが目的だもん。引っこ抜こうとしたらその瞬間に死ぬよ～とか、命令聞かなかったらひどい目に遭《あ》うよ～とかを条件に付けるパターンが多かったかなぁ」

「無効化は？」

「できなくもないけど……」

ん〜、と思案顔になるプラシノスを、アスティアとルゼンダか見守る。

僕はこれまでの会話で、なんとなくアデルの置かれている状況を理解していた。

「剛者の石は、親石を砕いて使うのは知ってる？」

「……ああ」

「その親石の主を書き換えたらイケるんだけどぉ。問題が二点ある」

「問題とはなんだ？」

「一点目。現持ち主の同意がなく主を変更するなら、すっごく時間がかかる。そして同じ血脈じゃないと主として認めてもらえない可能性がある」

その言葉に「あー……」とルゼンダが納得の顔になる。

「だから代々受け継ぐことができんのか」

「そ〜。二点目は、植え込まれた石によるんだよねぇ」

「この場合、アデルに植え込まれた石ってこと？」

「そうだよぉ、番ちゃん。普通は親石砕いたのを植え込むんだけどね〜。それだけなら親石の主を変えたら命令は撤廃できる。だけど植え込む時に主の血を吸わせた物は、それ自体が主と繋がっちゃうから、親石の設定を変えてもどうにもならない」

「アデルはどっちなんだろう……」

思わず呟く。脳裏に浮かぶのは、アデルに連れ去られた時に彼が見せた必死な顔。

アデルは頭がいい。いろんな情報を集めて、上手く立ち回ることができるタイプだ。

そうやって冒険者としても、あっという間に高ランクへ上がったのだもの。

その彼が、必死になっていた。

「空竜を手に入れるために、その番を操ろうってんだ。不安要素取っ払いたいだろうから、確実に血を吸わせてんじゃないの？」

ルゼンダの言葉に、プラシノスも間延びした声で同意した。

「俺もそう思うなぁ～」

それならどうしたらいいんだろう……

『剛者の石』を奪って主の変更をしても、アデルの中にある石に刻まれた条件は変わらないし、受けた命令も変わらない。

条件はたぶん命令に絶対服従、その命令は僕への洗脳。

実行しなかったら耐え難《がた》い苦痛を味わう、というところだろうか。

たしかにアデルは、人族の国ガスティンクに僕を連れ去った時に、「アイツに逆らえない」って言ってた。

「アイツ」って、アスダイト王だったのか……

考え込んでいると、プラシノスは意地の悪い笑顔を見せた。

「ねぇ、アスティア。もう番ちゃんも手に入ったし、役立たずな守護者なんて見捨てたらぁ？」

「まぁ、それは俺も同感。あれは守護者じゃねぇよ」

プラシノスの提案に、ルゼンダはあっさり同意する。二人の言葉に、僕はビクリと身体を揺らした。

もしアスティアも同意してしまったら……

抑えきれない不安がどんどん膨らんでいく。前みたいにアデルを求めているわけじゃない。でも幼馴染《おさななじ》みで、ずっと一緒だったアデルを見殺しにするのは堪えられない。

「……見捨てるつもりはない」

そう二人の言葉を打ち消したアスティアの言葉に大きく目を開く。パッと顔を上げると、アスティアは僕を見つめて、安心させるように頷いてみせた。

「それに、アスダイト王が言っていた。剛者の石で守護者と私の番が繋がったと。アデルがあちらにいる限り、ティティの命も危うい。だから奪還する」

「……へぇ」

意外と言うようにプラシノスは頬杖から顔を浮かせて、まじまじとアスティアを見つめた。

「さっさと処分するかと思ったぁ」

「基本的に守護者に関しての諸々の決定権は、守られるべき番にあるのが決まりだ。ティティがアレを望むなら、私はその希望を叶えるだけだ」

「アスティア、激甘。後悔すんなよ」

ルゼンダが嫌そうな顔をして、アスティアを流し見る。彼はふっと笑った。

「後悔なんてしない。する理由もない」

「ふぅん。じゃあさ」

プラシノスがついっと指を持ち上げる。

「そのアデルのために必要だから、番ちゃん貸してね？」

トン、と僕の額に指が当たり、ホワッと温かくなった。

「プラシノスっ⁉」

「キサマっ‼」

手を伸ばすアスティアの姿がボンヤリと滲《にじ》む。

まるで泥に浸かったかのように身体が重くなって、伸ばされた手を掴むことができない。焦った顔の彼はプラシノスに向かって叫んだ。

「神との盟約を忘れたのか、プラシノス！」

「別に忘れてなんかない。ただ、アデルと約束したんだよ」

ルゼンダが攻撃を仕掛けているけど、プラシノスが張った結界に弾かれている。遠くなる意識の中、僕はプラシノスの声を聞いていた。

「一度だけ神の盟約に背いて助けてやるって、ね」

★
☆

手を伸ばしたものの捕まえることができずに、目の前から忽然とティティが姿を消した。

ようやく取り戻したのに……

「一体なんのつもりだ、プラシノス！」

グッと拳を握り込み、その場に残って泰然と微笑む男を睨んだ。

「神との盟約に背き、他竜の番を害したのはなぜだ？」

「攫《さら》いはしたけどぉ～、害したかどうかはまだ分かんないよねぇ？」

「だが、番を奪ったのはたしかだ。何を考えて――」

視界に入ったプラシノスの首の変化に言葉を切る。

彼の首元にはジワリとシミのような黒いものが浮かび始めていた。

ビクンとヤツの肩が揺れると同時に、そのシミは一気に広がっていく。

プラシノスは自分の腕をもう片方の腕でキツく掴み、浮かび上がった汗をパタパタと流しながら苦痛に耐えていた。

服に隠れて見えないものの、全身に広がっただろうそのシミは、やがて服から出た手の甲にも現れ、そして指先へ到達した。

「っつ……。さすがにきっついねぇ～……」

眉間を寄せながらも口調は変わらず、片方の唇を持ち上げて笑みを作って見せる。

しかし腕を掴む指の力が抜けないところを見ると、その身を襲う苦痛は持続しているようだった。

「お前はなぜ、こんなことを……」

「アデルには、俺の可愛子ちゃん手に入れるのに助けてもらったからねぇ～。俺の番、空の一族なんだわ」

「はぁ？　だから、なんだよっ！」

キレ気味のルゼンダがプラシノスを睨むと、彼は生汗を流しつつフンと鼻で嗤《わら》った。

「ワイバーンは無知だねぇ〜。空の一族は、常に狙われてきた性質上、空竜と同族しか信じない。土竜《おれ》がいくら番だと言っても、絶対に信じることはない」

「はぁ？　だから、それが……」

「その場合、橋渡しする役目を担うのが空竜だ」

そうルゼンダに告げると、ピタリと口を噤んだ。

「っは！　理解した？　あの時、アスティアはひたすら暴れまくってたし、彼の父竜も子供の精神崩壊を防ぐことと番ちゃんの捜索で手一杯だった」

嘲笑《あざわら》うように口角を持ち上げていたプラシノスは、その笑みを消して瞼を閉じ、空を見上げるように仰向いた。

「そして、俺もようやく見つけた番を前にいろいろ限界だった。だから偶然見つけた、アデルに望みを託したんだ」

「プラシノス」

「竜にとっての番は、何物にも代え難《がた》い宝玉だ。アデルはその宝玉を手に入れるのを助けてくれた。ならばそれに相応《ふさわ》しい礼が必要だろう……？」

ゆっくりと目を開き、彼はこちらに視線だけを流した。

「たとえそれが神の盟約に背くことでも、さぁ。ま、結果、この俺がお前から番ちゃんを取り上げた形になったけどね～。だから教えてやる」

ゆっくりと顔を正面に戻し、赤みがかったシトリンの瞳をこちらに向けた。

「……何？」

「お前が、守護者であるアデルをどう思っているかなんて知らない。だけどあの子は、常に守護者だった。そうあろうとし続けていた。そのアデルが、今この時に番ちゃんを望んだんだから、それ相応の理由があるんだろ」

「理由だと？　理由があれば、アスティアからティティを奪っていいのかよ⁉」

プラシノスの言葉に噛みついたたルゼンダは、その勢いのまま、ばっと私を振り返った。

「アイツを取り戻しに行くぞ。どうせアスダイトにいんだろ！」

「ホンっと無知で短気なワイバーンだねぇ………」

「はぁっ⁉」

「考えてもご覧よ。もう守護者と番ちゃんは、魔石で繋がってしまってる。片方が死ねば、もう片方も死ぬんだ。番ちゃんだけ取り戻しても、なんの解決にもならないよねぇ」

「何が言いたい？」

どんどんプラシノスの顔色は悪くなっていく。神の盟約に背いた竜を見るのは初めてで、それが如何ほどの苦痛を齎《もたら》すのか分からない。

しかし、あの屈強な体躯とメンタルを持つプラシノスがここまで苦痛を顕《あらわ》にする時点で、与えられた神罰の重さも理解できた。

「アスダイト王は、空竜を操って世界の覇者になりたいと考えている。ならばそのうちアスダイト王から接触してくるさ。それまでアデルを信じて待ってやれば？」

「待って、ティティに何かあったらどうする？」

「はっ！　アスダイト王も馬鹿じゃないさぁ。折角手に入れた駒をぞんざいに扱うはずがない」

「…………。私の唯一を『駒』などと表現するな」

今、怒りが再び湧き上がるのが分かる。思い出されるのは、あの鏡で見た過去のティティ。必要のない苦痛を、ただ空竜を手に入れるためだけに与えられてしまった、私の愛しい人。

それを、いくらでも代えがあるような駒扱いされるのが、心の底から我慢がならなかった。

「なら、なおのこと守護者を信じてやれ。あの子は番ちゃんを駒から解放するために、今まで苦痛に堪えて頑張っていたのだから」

そう言ったプラシノスの瞳は、一切の苦痛を顕《あらわ》にすることなく、ただまっすぐに私の瞳を見据えていた。

★☆

ゆっくりと意識が浮上していく。でも身体は鉛のように重くて、指一本動かすのも辛い。瞼も同様でなかなか開けることができなかった。

それでもなんとかこじ開けて見てみると、そこは無骨な石で囲まれた薄暗い牢屋みたいな場所だった。高い位置にある小さな明り取りの窓、何も敷かれていない石畳の床、ベッドと小さなテーブル以外には何も置かれていない狭い空間。

いや、たしかに牢屋かも……

なんとか頭を持ち上げてゆっくり視線を巡らせると、鉄格子が視界に飛び込んできた。

横になっていたベッドはフカフカだったけど、扱いは捕虜みたいだ。注意深く鉄格子の向こうにも視線を向けたけど、人がいる気配はない。

小さくため息をついて、浮かせていた頭を力なくぽすんと枕に落として目を閉じた。たったこれだけのことなのに、身体に力が入らなくて辛い。

少しずつ、思い出していく。

空竜城にいて、アスティアとプラシノスと共にテーブルを囲んでいたはずだ。

そして、プラシノスが「アデルのために」って言って僕を拉致《らち》した。

だったらこの場にアデルがいるかと思ったけど、近くにその気配はない。

アスティア、怒ってるだろうなぁ……

ちょっと挑発的な言葉が多かったプラシノス。彼がアデル側にいるなら、僕は現れた番にアッサリ乗り換えた、薄情な人間に見えたのかな……

そこまで考えて、身体にひしひしと染み込む寒さを感じて、暖が取れるようにベッドの中で丸くなった。

部屋全体が寒いのは、場所が地下だからかもしれない。でももう一つ、寒さの理由を思いつく。この場所がステリアースより北に位置するなら、この寒さも納得だ。そしてたしかアスダイト国は北方にあったはず。

「アデルのために」と連れて来たなら、ここにはアデルがいるはずだし、彼はアスダイト王に支配されている。

「アスダイト……」

「正解。起きたんだね、ティティ」

洩《も》れ出た声に応える者はいないはずだったのに、ふいに響いてきた声を耳にして、もう一度重い瞼を開いて顔を横に向けた。

「アデル……」

さっきまで誰もいなかった格子の向こうに、いつの間に来たのかトレイを抱えたアデルが立っていた。足音一つしなくて、全く気が付かなかった。

視線の先で、アデルは変わらず優しく微笑んでいる。カチンと金属音を立てて鍵を開けると、彼はするりと身を滑り込ませた。

「ああ、ここは冷えるな。ごめん、寒かったろ?」

ふと気付いたように辺りに視線を流したアデルは、すまなそうに眉尻を下げた。

「あとで毛布を追加で持ってくる。取り敢えずこれ飲んで」

小さなテーブルにトレイを置いて、僕の背中を支えて起き上がらせる。力が入らないまま起き上がったものだから、アデルの胸に凭《もた》れ掛かる体勢になってしまった。

困惑する僕とは違い、アデルは特に変わる様子もなく温かな湯気を上げるカップを口元に当てた。

「熱いから気を付けて」

傾いたカップからは、懐かしい香りがした。

これ、ずっと飲んでいた薬草茶だ。

でも飲んで大丈夫だろうか、と不安になる。アデルの立場を考えると、何か混ざっている可能性が高いよね。

警戒する僕に、アデルはくすっと笑った。

「ティティが俺を疑う日が来るなんてね。まぁいい。これはお前に必要なものだから、飲んで？」

顎を固定して強引にカップを傾ける。重怠《だる》い身体では思うような抵抗もできなくて、カップの半分くらいを零しながら飲み込んでしまった。

「ティティ……」

汚れてしまった口元を拭き、濡れたシャツを着替えさせながらアデルが口を開く。

「最後の時が近づいてきている。アスダイト王はなんとしても空竜を手に入れて、この世の覇者になるつもりだ。そのために、もう手段は選ばないだろう」

優しく僕をベッドに横たえると、アデルは大好きだった優しい微笑みを浮かべて、乱れた前髪をそっと払った。

「だから、その日が来るまでティティも準備が必要だ。毎日これを運んでくるから、次はちゃんと飲むんだよ？」

「こ、れ……、なに……？」

さっきよりさらに身体が重く、唇も痺れたようになって言葉が上手く紡げない。

こわい……

強い恐怖を感じている僕に、アデルは愛おしさを込めた目を甘く細めた。

「いつも飲んでたお茶だろ？　忘れた？」

そう言うと、空になったカップをトレイに乗せて立ち上がった。そのまま歩き出そうとして、ピタリと止まる。

わずかに振り返ると、凪いだ表情で僕を見下ろした。

「少し麻痺毒を混ぜてるけどね。その時に痛みをできるだけ与えたくないんだ。ティティも痛いのは嫌だろ？」

ゾクリと背筋に悪寒が走る。

痛み？　なんのための痛みなの？

しかし痺れた唇ではその疑問を紡ぐことはできず、アデルはそんな僕の姿に目を細めて立ち去っていった。


そしてあれから何日が過ぎたんだろう。

言葉通り、毎日アデルはやってきてお茶を僕に飲ませる。もう最近は身動き一つできなくて、彼のなすがままになっていた。

「今頃、空竜は必死にティティを捜してるだろうね」

身動きできなくなってから、アデルは度々こうやってベッドの横に腰掛けて語りかけるようになっていた。

「だけどプラシノスの隠蔽魔法がかけられてるから、アスダイトに来てもここには気付けない」

指の背で優しく頬を撫でる。

「もう少ししたら、その魔法も解いてあげるよ。それまで辛いだろうけど頑張って」

うっすらと開いた目にアデルの顔が映る。彼に浮かぶ微笑みは、あの温かな優しさを含むものではなく、暗くとても寂しいものだった。


「寝ておるのか？」

聞き覚えのある声がして、意識が浮上する。でも瞼を押し上げる力はなくて、ぐったりと横たわったままその声を聞いていた。

「いえ。暴れられると困るので、薬を盛っています」

「ちと効きすぎではないか？」

「彼は空竜とすでに出会い、空竜は彼の気配を把握してしまった。竜と番の絆は強いので、どこでどう居場所がバレるか分からない以上、注意は必要か、と」

「ふむ。それで？　コレの二次的羽化はできそうか？」

二次的羽化……たしか、プラシノスもその言葉を言っていた。

「アスダイト王、彼は自分が何者かを知らない。自分を成人した大人として捉えて『羽化する』なんて、思いも付かない。こちらが誘導しなければ、二次的羽化は難しい」

コツリと近くで足音がして、覚えのある手が髪を梳《と》く。

――アデル……。

「む。番が二次的羽化を果たして成人しなければ、空竜を抑えることができぬではないか」

「そうですね。ですから強制的に羽化させようかと思っています」

「それは可能か？」

「おそらく。先日王が俺を躾け直そうと、植え込んだ石の支配を強めたことがありましたね？」

アデルの声に嘲る響きが混じる。それに気付いたのか、アスダイト王の声が険しくなった。

「それがどうした？」

「あの時、俺の中の石が持つ力が王の支配下に置かれたせいで、彼に対する洗脳が薄れてしまっています。その結果、どうやら彼は空竜を受け入れてしまったようですよ」

指で額をなぞり、そのまま滑らせて頬をするりと撫でた。

「チッ。折角の洗脳が……」

舌打ち後、忌々しげな声が聞こえる。

「だからこそ、強制的な羽化が可能なんです。洗脳が弱まって本能を取り戻した結果、番を選ぶことができた。ならば刺激を与えれば本能的に羽化できるはずです」

「なるほど？　だが、そのあとはどうする。洗脳下になければ、もうお前の言うことは聞かぬのではないのか？」

　思案するようなアスダイト王の言葉に、アデルはふっと微かに笑った。

「長く石の力を使って洗脳を続けた分、俺とティアはまだ支配者と被支配者として繋がってます。繋がってさえいれば言霊の縛りを使えるでしょうし、羽化さえしてしまえば再び洗脳も可能かと。であれば、彼をこちらの手の内に置いて、空竜を操ることも可能かと思いますが……」

「ふむ……。しかし言霊の縛りは、相手の意識がないと効果はない。今のままでは難しかろう。羽化に関してはお前に任せるが、少し薬を調節してせめて話せるくらいまでは覚醒させよ」

　頬で遊ばせていた指がピタリと止まる。

「その場合、あの時のように空竜に居場所を特定される恐れがありますが？」

「それも仕方なかろう。騎士団を配置して、番を盾に時間を稼ぐよりあるまい。少なくとも、こちらの駒であるお前を殺せば番も死ぬことを、さすがの空竜も忘れてはいないだろう」

　そう言い置くと、コツコツと足音が遠退いていった。完全に足音が聞こえなくなってから、きしりとベッドが軋《きし》み、横に腰を下ろす気配がした。

「聞こえた？」

　アデルの囁き声が落ちてくる。見えなくても甘さを含んだ声は分かる。たぶん、今彼は微笑んでいるはず。

「言ったよね、最後の時が近づいてるってさ」

額に柔らかなモノが押し当てられる感触がした。少し乾燥してザラついているけど、忘れようのないアデルの唇の感触。

「嘘の塊みたいな俺だけど、たった一つだけ本当のことがあるとしたら……」

唇は鼻筋を経て、そして唇に辿り着く
「ティティのことは俺が絶対に守るってことだけだ。だからティティ。この先何があっても、ティティが傷つく必要はない」

なんの悪意も邪心も含まない、真摯な言葉。

だからこそ、僕は湧き上がる不安を抑えることができなかった。

アデルは一体何を考えているんだろう……

なぜかアデルが、どこか手の届かない場所に行ってしまう気がして堪らなくなる。

ゆっくりと口づけてきた唇は、その柔らかさを堪能するかのように重なったまま動かなかった。

――アデル……

不安から唇を戦慄《わなな》かせると、アデルは宥めるようにそっと舌で唇を舐めてきた。そして名残惜しい様子で唇を離すと、コツンと額を合わせる。

「アスダイト王には言葉を濁したけど、もう俺の洗脳は完全に解けてるだろ？　俺を望まなくなったしね。でもそれでいい。そのために洗脳効果が薄くなるように、ずっと中和していたんだから」

合わせていた額を滑らせて、頬を寄せた。耳元で囁かれるアデルの声は喜悦を含み、優しく鼓膜に響く。

「ああ、羽化した姿は最高に綺麗だろうな。想像するだけで堪らなくなる。ティティ、誇り高き空の一族の姿を、早く俺に見せてくれ……」

空の一族——僕はその一族の一員なの？　半端者じゃなくて？

その名称は、ルゼンダに竜について学んだ時に読んだ本に載っていた。たしかに、空竜の番は空の一族からしか生まれないって書いてあったけど、僕は例外なんだって思ってた……

それに羽化って、何？

自分の出生が、今まで思っていたことと違って混乱する。

「もしかして、空竜やあのワイバーンに教えてもらってない？」

表面上ピクリとも動けない僕の混乱に気付いたのか、アデルは不思議そうな声を出した。

「意外だな、真っ先に教えそうなのに。まぁ、いいか。ティティはね、聞こえた通り空の一族の者だよ。あの一族は成人する頃になると二次的に羽化して獣人の形になるんだ」

獣人の形になる……、と頭の中で繰り返す。

「羽化するまでは、ティティみたいに唯人《ただびと》の姿なんだ。だから人族や後天性獣人に間違われやすい。身を守るために進化した結果だけど、お前にとっては、それが最悪のほうに働いてしまったね」

僕も、羽化する……

そう思った瞬間、背中の一部がモゾリと違和感を発した。抑えきれない何かが芽吹くような、広い世界を求めて何かが蠢《うごめ》くような……

「やっぱり羽化まであと少し」

そろりと僕の背中を指で辿ったアデルは、その違和感のある場所に触れて、嬉しそうな声を洩《も》らした。

「本当は十五歳くらいで羽化するはずだったんだ。でも空竜はなかなか捜しに来ないし、俺が進めていた計画も完成には程遠かったしで、仕方ないから洗脳を強めて羽化しないようにしてたんだ」

肩甲骨からゆっくり指を滑らせて、背筋、腰へと辿る。

言いようのない感覚に、動かないはずの身体がピクンと小さく跳ねる。

「仕方ないよね。守る側が万全じゃない状態で羽化なんてしようもんなら、あっという間にアスダイト王の操り人形にされてたんだから」

キシキシとベッドを軋《きし》ませて、アデルが離れていく。

「さぁ、アスダイト王にも命じられてしまったし、薬の量を減らそうか。この薬のいいところはさ、一旦ガッチリ薬漬けにしとくと、その後の摂取量が減っても感覚は鈍いままってところだからね」

優しく肩に手を回すと丁寧な動作で抱き起こす。

「さぁ、飲んで。薬は入れてないけど、コレは大事な物だから」

口に付けられたカップのお茶を、抵抗もできずに嚥下する。

ふと、そのお茶から独特の匂いが立つのに気が付いた。

今まで薬の味に紛れてしまっていたモノ。それ以前は、飲み慣れていたから気付けなかったモノ。

血の匂い……

飲み終わったのを見計らって、アデルはそっと僕を横たえた。

「俺の計画も準備は完了した。あとはティティの体調が整ったら、羽化させるから」

大きな掌が左胸に当たる。

トクトクと絶え間なく打ち続ける鼓動を感じ取るように、少し力を籠《こ》めて押し当てられた。

「それまでは、俺だけのティティでいてくれ」


「……あ。……あー………」

喉に手を当てて声を出してみる。身体の動きは歯痒いくらいに緩慢だけど、なんとか動くようになっていた。

アスダイト王とアデルがこの場所を訪れてから、すでに三、四日は経ったと思う。

混ぜられた薬の量は減ったらしく、少しずつ動けるようになっていた。

ベッドの上で上半身を起こし、あの時アデルが触れた左胸に手を当ててみる。

「本当だ。よく分かんない……」

感覚が鈍いままだと言ったけど、本当にその通りだった。なんとなく触ってる感触はあるけど、温かいとか冷たいとか、そういう感覚が分からない。

「なんのためにこんなこと……」

痛みを与えたくないと言っていたアデル。彼が僕に痛みを与えるようなことをするなんて、想像も付かない。

それに、あの血。なんのために混ぜられてるんだろう。

あのお茶は、身体にいいからとずっと飲み続けていた。その間も血は混じっていたのかな。

分からないことだらけだけど、なんとなく感じ取れるのは、全てはアデルの言う『計画』に含まれてるんだろうなってこと。

「一体何を考えてるの、アデル」

二度もアスティアのもとから僕を連れ去って、なぜアスダイトに連れて来ようとしたのか。

分からないことへの不安を抱えながら、でもその答えを知る日が来ることを恐れてしまう。

「アスティア、僕のことを捜してるだろうな」

抱え込んだ膝に額を付けた。

——怖いよ、アスティア。

目を閉じて、綺麗な空色の髪と吸い込まれそうな夕焼け色の瞳を持つ美貌の持ち主を思い浮かべる。

貴方に会いたくて堪らない。

ぎゅっと額を押し付けて、膝を抱える腕に力を籠《こ》めた。

僕が羽化するその時、貴方は僕の側にいてくれる？

その小さな想いが彼に届くことを願いながら、僕はただただ小さく丸まっているより他なかった。

そして、その日は突然やってきた。

「ティティ」

いつもはお茶を乗せたトレイを持って訪れるアデルが、その手に服だけを持って訪れた。

「空竜が来た。今から彼らのところへ移動するから着替えよう」

特に表情を変えることなく淡々と告げる。

むしろ僕のほうが動揺してしまった。

「……なんで？」

「おかしなことを言うね。もちろんお前を捜しに来たんだろう？」

鉄格子に寄りかかり、目を細めて僕を眺めているアデルはまるで名残惜しんでいるように見えて、不安に駆られた僕はシャツの胸元をギュッと握りしめた。

アスティアに会えるのは嬉しいけど、アデルは一体何を考えているんだろう。凪いだ表情からは、何も窺《うかが》うことができない。

「そっ、その場所にアデルも行くの？」

「そうだね。俺がティティを連れて行くから、必然的にそうなる。しかし空竜も意外に来るのが遅かったな。拉致《らち》されて連れて行かれる場所はここしかないだろうに」

そう言うとコツコツと足音を響かせて近づいてきた。ベッドに腰を下ろしていた僕の真向かいで足を止め、じっと無言で見下ろしてくる。

そして右手を上げると、指で右頬のラインを愛でるように辿り始めた。

ゆったりと数回撫でるように指を動かし、そのまま額へ移動する。伸びてしまった髪を指先で除けると、手を返して両目を大きな掌で覆い隠した。

「アデ……」

「しー。……静かに」

子供の頃、鞭打つ孤児院のスタッフから匿ってくれた時みたいに、僕の言葉を優しく止める。

「覚えていて。これは俺の選択。俺が自分で決めたことだ。ティティは悪くない」

「アデル……？」

「ただ、それだけ。それだけを、忘れないで」

目を覆い隠されて、アデルの顔が見えない。でも重ねられた唇は、いつもと違って温度がなくてヒンヤリと冷たく、アデルの哀しみを物語っているようだった。

「さようなら。俺だけのティティ」

離れた唇が紡ぐのは別離の言葉。堪らなくなってアデルの袖を掴んだけど、もう彼は僕を見てはくれなかった。

第六章

「ティティっ!!」

アデルが持ってきたシャツとスラックスに着替えたあと、まだまともに歩けない僕を抱き上げた彼は、その天井が高くてだだっ広いだけの空間に僕を運んだ。

大きな窓がいくつもあって、陽の光はふんだんに注ぎ込んでいるのに、なぜかその場の空気は気味が悪いほど濁っていてヒンヤリと冷たい。

その部屋の中央には艶《つや》光りする白い花崗岩で作られた台座が設置されていて、そこには人の頭位の大きさの黒く禍々しい石が置かれていた。

石を挟んで対面にアスティアとルゼンダの姿が見えて、僕は知らずに詰めていた息を吐き出した。

「ティティ、少し痩せてしまったみたいだね。怪我はない？」

少し焦り顔で僕の名を呼んだルゼンダと違って、アスティアはひどく落ち着いた様子を見せている。

「アスティア……」

「待っていて。必ず助けるから」

美しい顔に清廉な笑みを浮かべると、ただ僕だけをじっと見つめて甘く目尻を緩めた。

「ふっ、聞いてはおったが、竜の番への執着は本当に強いものだな」

低く掠《かす》れた声が響く。はっと視線を向けると、壁に引かれた分厚いカーテンの影に隠されていた扉からアスダイト王が入ってくるところだった。

「貴様……」

剣呑な雰囲気をまとって身構えたルゼンダをアスティアは腕で制し、暗い笑みを浮かべるアスダイト王へと向き直った。

「私の番を返してもらおうか。アスダイトの王よ」

「竜に番は必要だろう。もちろん返してやるとも。ただし」

双眸《そうぼう》にはギラギラと尽きない欲を滲《にじ》ませて、唇の片方を吊り上げる。

「余の望みを叶えてくれるならば、な」

「空竜を敵に回す気か？」

「なに、番殿に手を出した時点で、敵には回しておるわ。だが余がここへ招待するまで大人しくしておったところを見ると、番殿はいい駒であるのだろうな」

アスティアの眉がピクリと動く。しかしあえて何も言葉は発さず、アスダイト王に冷ややかな視線を向けるだけだった。

その様子に気をよくしたのか、アスダイト王はさらに言葉を重ねた。

「余の願いを叶えるか、空竜よ？　返答次第では、即刻番殿を解放しようではないか」

「テメェが守護者を押さえてる限り、ティティの命の保証はねえじゃねぇかっ！」

ルゼンダが嚙みつくように叫ぶと、アスダイト王はつまらなそうに肩を竦めた。

「頭の悪い飼い犬よの。契約には担保が必要だ。空竜が約束を違《たが》えた際には、番殿の命は消える。ふふ……最高の担保と思わんかね？」

「キサマっ、殺してやるっ!!」

「ルゼンダ」

低いアスティアの声が、怒りを露《あら》わにするルゼンダを諌める。

僕はアデルに抱えられたまま、その様子を息を詰めて眺めていた。

ルゼンダとはまだ出会って日が浅く、交わした会話もそんなに多くはないのに、ここまで怒ってくれることが不思議だった。

アスティアはルゼンダを制しながら僕を見て、そしてわずかに視線を上げてアデルを見た。

なんで、アデルを……？

アスティアの視線を追ってアデルを見上げる。アデルは表情を変えることなく、その視線を受け止めている。

その様子を薄ら笑いを浮かべて眺めていたアスダイト王は、芝居がかった仕草で両手を広げてみせた。

「頼みの守護者もこちらの手の内では、打つ手はなしではないかね？　さぁ、空竜。返事はどうする？」

アスダイト王に問われても、アスティアは黙ったままアデルから視線を外さない。その態度にアスダイト王は眉を顰《ひそ》めた。

「ふむ。空竜は自分の立場を理解していないようだ。折角無傷で番殿を解放しようと思っていたが……。アデル！」

鋭く名を呼ぶ。ようやく視線をずらして、アデルは主である王を視界に入れた。

「番殿に剛者の石を植え込め」

無言のまま首肯したアデルは、ひどく丁寧な手つきで僕を床に下ろして座らせた。

そしてさりげなく手を滑らせて、混乱する僕を宥めるように目尻を指先でそっと撫でてくれた。

その指先から辿って彼を見上げると、ほんの一瞬視線が交差する。瞬きすることなく黄金色の瞳が僕を捉えて、そして逸らされた。

僕の側から離れて台座の黒い石に近づいていく。代わりにアスダイトの騎士が抜き身の剣を僕に向けて取り囲んだ。

「なっ⁉」

アスティアが動揺する姿を目の端に映しながら、アデルから視線が外せない。彼は腰のベルトからナイフを抜くとアスダイト王を見た。

「やれ」

顎を刳《しゃく》って命じた王の言葉に、アデルは酷薄な笑みを浮かべた。

「ティティ、ごめんね。俺はお前をずっとずっと欺いていた」

台座の前に辿り着いたアデルは、手にしたナイフを石に向けて振り上げる。冷ややかな視線を僕に向けて、皮肉げに口角を歪めた。

辺りを警戒するようにピクピクと動いていた左の獣耳を僅かに後方に倒し、そして勢いをつけてそのナイフを繰り出す。

一瞬なのに、ひどくゆっくりと感じたその次の瞬間。

「――俺は、お前を愛したことなんか、ただの一度もないんだよ……」

淡々とした告白と共にナイフの切っ先がアデルの左胸を深く突き刺し、そして真一文字に斬り裂いたのだった。

吹き上げる血飛沫《しぶき》が視界を赤く染める。

アデルは激しい苦痛に顔を歪めながら傷口に手を突っ込み、歯を食いしばって何かを探り抉るように引っ張りだしていた。

その時、ブツン、とイヤな音が耳に届いた。

「ティティっ！」

「ティティ！」

アスティアとルゼンダの絶叫が辺りに響く。

「え……？」

首を傾《かし》げようとした瞬間、僕の左胸から何かが迸《ほとばし》った。

「な……に……？」

視線を下げると、僕の左胸にはアデルと同じように真一文字の傷ができていて、血飛沫《しぶき》を吹き上げていた。

「……あ」

痛みは、ない。……感じない。

ゴポリと気道に血が流れ込み、そして逆流するように迫り上がってくる。口元を両手で覆ったけど、あふれ出る血を留めることはできなくて、どんどん流れ出てしまう。

「ア……」

呼ぼうとした名前がどちらのモノか、なんて……。もはや口にした僕自身にも分からなくて。

力をなくした身体はドサリと前方に倒れて、もう動くことも考えることもできなくなっていた。

★☆

目の前で、愛しい人が血飛沫《しぶき》を迸《ほとばし》らせて倒れ込んでいく。

なぜ、私は、それを見ている、だけ、なんだ……？

手を伸ばして抱きとめることもできないこの距離。

「ティティっ!!」

その名を呼んでも、動かない、なんて。

「ティティ――っ!!」

彼の側を固めていた騎士たちを、掌に溜めた魔力を放って薙ぎ倒す。そしてすぐさま駆け寄ってティティの側に立った。

倒れた騎士の甲冑の隙間からドス黒い血がゴポゴポとあふれ出し、やがてピクリとも動かなくなったが、一顧《いっこ》だに値しない。

ただ、ティティだけを見つめていた。

床に付いた真っ白な頬が、あふれ出す血に染まり汚れている。

「……ティティ、起きて」

その場に膝をついて、乱れて顔に掛かる髪を払う。血の気を失ってさらに白くなってしまった顔が目に入る。思わず掌で血濡れた頬を掬い上げた。

「ティティ。返事を……」

触れた頬の冷たさに、大きく目を見開く。

「ティティ……」

腹の奥で渦巻いていた魔力が、感じたことのない怒りや絶望と共に放出されていく。

世界が揺れ軋《きし》み、受け止めきれない空竜の魔力に形を崩し始めていたが、そんなことはもうどうでもよかった。

「ティティ、ねぇ起きて。お願いだから」

抱えた身体は軽くて。そしてどんどん温度を喪っていく。世界が、終わりを告げるかのように盛大な悲鳴を上げ始めた。

「死んでないよ」

しかしその時、私のすぐ近くに、フラつきながらも踏ん張って立つアデルの姿があった。

「ティティは死んでない」

思わず見上げた顔は凪いでいて、とても嘘をついているようには見えない。私はその様子で我に返り、あふれ出していた魔力をなんとか抑え込んだ。

「アデル⁉　貴様、何を⁉」

その時ようやく状況を理解したのかアスダイト王が目を剥《む》いて怒鳴った。それを目の端に映し、アデルはうっそりと嗤《わら》う。

「なんだっけ？『取り出そうとすれば、この魔石が心臓を潰して、お前を殺すだろう』だっけ……？」

自分で傷を抉り、引きずり出した魔石を床に落とす。

「アンタが随分悠長に構えてくれてたおかげで、助かったよ」

ゆったりと足を持ち上げて、一気に踵を振り下ろすとその魔石を踏み砕いた。

「時間をかけて、ティティの血とかをもらったおかげで、魔石に含まれてたアンタの血の成分が薄れて命令の効果も薄れた。だから魔石が俺の心臓を潰す前に取り出せたんだよ」

「貴様……っ」

「もちろん、ティティにも俺の血を飲ませて中和していたから、石を取り出した今、洗脳は完全に解けたし、間接的にアンタが使えていた言霊の縛りももう使えない」

ギリギリと歯を鳴らしていたアスダイト王は、隠し扉の近くに吊るされていたロープを引いて叫んだ。

「あやつを取り押さえろ!!　もう一度魔石を植え込んでやる!!」

「ああ、その石」

武装した騎士たちが雪崩込み、とっさに身構えたルゼンダと同様に、私も新たに魔力を掌に集結して攻撃態勢を取る。

そんな中、アデルはティティ同様に血の気を失いつつある顔に皮肉げな笑みを浮かべてみせた。

「この数年かけて、主の設定、俺に変えたから。何度も忍び込んでるのに、誰も気付かなかったなんて、笑える」

「な……っ、なんだと!?」

「俺の中にあった魔石に、アンタ、自分の血を吸わせたろ？　同じ血筋じゃないが、この血に反応したのか、主の変更は可能だった。ま、それでも今まで時間がかかってしまったけどさ」

言いながら、アデルは大きくふらついた。

「あー……、もう時間がないな……」

傾《かし》いだ身体は力をなくし、ドサリと両膝を床に付いた。

「そこのワイバーン、その魔石、粉々に砕いてしまえ」

「はぁ？」

急に声をかけられてルゼンダが目を剥《む》く。

「洗脳は解けたけど長くティティとは繋がっていたし、俺たちの繋がり自体は完全に切ることができない。その魔石が媒介になってどう悪用されるか分からないから、いっそ砕いてなくしてしまったほうがいい。それに……」

視線をティティに向ける。「ただの一度も愛したことはなかった」と言ったクセに、その瞳には隠しようもない愛しさと切なさが含まれていた。

「空竜にティティを返さないと……」

一瞬の沈黙がその場を支配する。

――と、突然、アスダイト王が叫んだ。

「剛者の石を確保しろっ!!」

台座の脇に控えていた騎士が、その王の声に弾かれるように動き出して石を抱え上げた。とっさにルゼンダも手を伸ばしていたが間に合わない。

「はははは……。主を貴様に変えただと？　貴様、なぜソレが代々引き継がれているのか知らぬのか……」

アスダイト王は、石を確保した騎士を近くに呼びつけると、ニヤリと醜い笑みを浮かべた。

「主を持つ石を粉々に砕くと、主の血を吸って石は復活しようとする。血が足りなければ、血脈に沿った者の血をも奪う。一族の滅びの危険があるがゆえに、主を持たせた剛者の石は代々大事に受け継がれるのだ」

コツンと踵を鳴らし、石に近づき撫でる。

「この石を砕けば、主である貴様は死ぬ。番殿もどうなるか分からぬな？　さぁ、どうする？」

「……どうもしないさ。その可能性は考えていたし覚悟だってできてる。ティティには念のために治癒石を渡しているから、彼が死ぬことはないさ」

掠《かす》れた声で嘲るようにアデルは嗤《わら》う。その屈することのない態度に、アスダイト王は不快げに眉を顰《ひそ》めた。

「何を……」

「さぁもう羽化すべき時が来た。空竜、名前を呼べ」

じっと黄金色の瞳が私に向く。

「その、手にした番の名前を、呼んでやれ」

その、今にも倒れて死んでしまいそうな相貌に似合わない、強い光を宿す瞳。

私はその瞳に促されるように、すでに氷のように冷たくなったティティを強く抱きしめた。

「ティア」

少し身を離し、ゆっくりと顔を近づける。

「目を醒まして、私を見て。私の愛しい番……」

「くそっ!!　砕けっ!!　剛者の石を砕いてしまえっ!!」

事の重大性に気付いたのか、アスダイト王が焦りを露《あら》わに叫ぶ。

「早くしろ！　番を得てしまったら、もう空竜を操ることなどできんっ!!」

壊れ物に触れるように優しく唇を重ねて、最愛の人に口づけを贈った。

「さぁ、ティア。起きて」

魔石が砕け散る音と、ティアの左胸の傷が光り出すのと、どちらが早かったか……

小さな粒子が清き光をまとい、傷から次から次へとあふれ出す。光は導かれるようにゆったりと揺蕩いながら、ふわふわと空中に浮かんでいく。

じっとその現象を見守っているうちにティアの傷はゆっくりと閉じていき、抱いた身体にも温かみが戻り始めていた。

その場にいた全員が、その場に縫い留められたように動けなくなる。

全てを、まるであるべき姿に戻そうとしているのか、光の粒子はティアの背中へと集まり始めた。

ゆらゆらと、ゆらゆらと。

その粒子は意志を持つかのように形を創り上げていく。

その尊いまでに美しく幻想的な様に、私は陶然として目が離せなくなった。

ふわり、と空気が揺れる。

集結した粒子は一瞬、脈打つように光を強めて、やがて降り注ぐ月光の如くその光を散らしていった。

光が儚く消え去ったあと、そこには美しき月白の翼を背に、宝石のようなコバルトブルーの瞳で私を見つめる、この世の何物にも代え難《がた》い愛しい番がいた。

★
☆

「アスティア……」

夕焼け色の瞳が僕を見ている。その瞳はすごく甘やかで抑えきれない熱を秘めていた。

「アスティア」

そっと手を伸ばして、秀麗な顔のラインを辿る。何者にも追随を許さない力と美貌を持つ、この世で唯一の存在。

「……空竜」

「ティア、名前を呼んで？　私はそのほうが好きだ」

吐息を付くように落とされる、愛しさを含んだ囁き。

その耳に心地いい、少し低めの声に僕はゆるりと目を細めた。

「アスティア」

背中が熱い。今までないと思っていた『魔力』と呼ばれるモノが体内でグルグルと渦を巻き、奔流の如くあふれ出して背中に集まる。

今なら分かる。

たしかに、目の前のこの人は僕の番……僕の唯一、だ。

「くそっ!!　羽化してしまいおった!!　もうよい！　使えぬモノに用はない、始末しろ!!」

不意に叫び声が響く。憎々しげに濁った目を光らせ、アスダイト王が吠えるように騎士に命じた。

ザッと床を擦った騎士たちが戦闘態勢となるのを、冷ややかな目で見ていたルゼンダが小馬鹿にしたように鼻を鳴らした。

「え？　まさか、俺に勝てると思ってる？　マジ？　ウケる」

トントンと爪先で床を叩くと、ルゼンダはふいっと首を傾けた。

「なぁ、アスティア。コレ、俺がもらってい～い？」

「クズ以外は、許す」

アスティアは僕から目を離さないまま、ルゼンダに許可を出した。

「よっしゃ！　これで全力で遊べる！」

はしゃぐルゼンダの声に、思わず視線を向けて……

「ティア、見なくていい」

今までアスティアの身体で遮られていた姿が視界に入る。

僕が何を見たのか。

振り返らなくても理解しているアスティアは、そっと僕の頭を抱いて瞼に唇を落とす。

「見ないで、ティア。悲しまないで……」

気遣い、鎮めようとする優しいアスティアの声は、彼の背後で繰り広げられ始めた、阿鼻叫喚の様を呈する殺戮の中にあっても、僕の耳にしっかりと届いた。

いつもいつも、僕に甘く優しいアスティア。

僕が傷付かないようにいつも気遣ってくれていたと、羽化して番の認識ができるようになった今、やっと理解した。

自分の愛しい唯一が他に気を向けることへの激しい苦痛が、身を焦がすような狂おしいほどの嫉妬が。僕は一体どれくらいの我慢を彼に強いたんだろう。

——でも。

背中に意識を向けると何の問題もなく、ふぁさっと翼が動く。突然の羽ばたきに、少し驚いた顔をしたアスティアがわずかに身を離した。

「ティア?」

じっと僕を見る彼の頬を掌で覆うと、誘うように引き寄せる。ものすごく近い距離で綺麗な瞳をうっとりと覗き込みながら、僕は人生で最大の我が儘を彼に言うことにした。

「前に言った、僕の望みを叶えてくれる?」

一瞬動揺で肩を揺らしたアスティアは、すぐに気を取り直すと力なく首を横に振った。

「ティア、彼はもう……」

「アデルがね」

しかし彼の言葉を遮り、囁く。

「少し前に、僕に石をくれたんだ」

「……石?」

「うん。今なら分かるよ。あれは膨大な治癒魔法が籠《こ》められた聖石だった」

「ティア、聖石は」

言いかけて、アスティアは口を噤む。

うん、僕も知ってる。聖石は、聖典の中にしか存在しないもの。神のご意向を聖石の形をもって表現した、想像上の物。

「ここ……」

ぽんぽんと自分の左胸を叩く。

「傷が治る時に、理解したんだ」

なんでアデルがあれを持っていたのかは分からないけど、さっきまで死の淵ギリギリにあった僕を、辛うじてこちら側に繋ぎ止めていたのもあの石の力だった。

「アスティア。僕に守護者を取り返すチャンスをくれる？」

僕は戻ることができた。

だったらアデルにも、その可能性はあるはず。

でもアスティアが嫌がったら、僕はそれに従おうと思ってる。だって僕にとっての絶対唯一は彼、ただ一人って分かっているから。

「『ただの一度も愛したことはない』といった男が必要？」

「アデルとはずっと一緒にいたから。彼が嘘をつく時の癖は知ってる」

くすっと小さく笑う。

悪役になろうとして、なれなかったアデル。

嘘をつく時、ほんの少しだけ左の獣耳が後ろに倒れるんだ。

アデルが自分の胸を斬り裂いた時も、彼の耳はその心情を如実に表していた。

初めから自分は助かる気がなくて、でも残される僕が罪悪感に苛まれないように、と気を遣ってくれたんだろうけど。

それらの思惑も含めて、全部を理解する。

じっと見つめる僕に、息を詰めていたアスティアが、大きな息を吐き出す。そして、ゆるりと微笑むとコツンと額を合わせてきた。

「大切な貴方との約束を違《たが》えるつもりはないよ。貴方がそう望むなら、守護者を取り戻そう」

甘い声での囁きは、まるで睦言《むつごと》のようで……

思わず僕は翼を大きく広げ、囲うようにアスティアを包み込むとその秀麗な顔を引き寄せてそっと口づけた。

「僕の番が素敵すぎて困るな……」

「それは何にも勝る褒め言葉だね」

くすりと笑うと、アスティアは離れ難《がた》そうな様子を見せながらも、ゆったりと立ち上がって僕を引き起こしてくれた。

一歩足を踏み出して、辺りの静寂に気付く。

見渡すと、ルゼンダが遊び散らかした跡がそこかしこに散らばって血溜まりを作っていた。

そして腰を抜かして座り込んでるアスダイト王を残し、すでにルゼンダの姿はない。

耳を澄ませば、遠くから微かに剣を斬り結ぶ音がしていて、彼が外に飛び出していったことが分かった。

コツコツと歩みを進めて、うつ伏せに倒れ伏すアデルに近づく。彼もまた、周りで倒れている騎士同様に自身の血に沈み、ピクリとも動かない。

そっと側に膝をついて、固く閉じる瞼に触れた。

すぐ横ではアスティアが僕を見守っている。そのことが僕をひどく安心させ、その凄惨な場であっても穏やかな気分にさせていた。

アデルの血の気のない顔はヒヤリと冷たく強張《こわば》り、生命の息吹は感じられない。それでも僕は穏やかな気持ちのままその冷たい頬に指を添わせ、端整な顔のラインを辿った。

「アデル。僕はいつだって君の優しさに救われ続けてたよ」

茶色の髪をサラリと梳《と》き、ピンと立ったままの獣耳に触れる。

「君は僕を欺き続けていたって言ったけど、それがなんなのさ。欺こうが洗脳しようが、君が見せてくれた優しさはいつも本物だった」

黄金色の瞳に宿るのは、いつも優しさと限りない愛情の光。それだけは、間違いようのない真実だった。

「それにね。君が僕についた嘘はただ一つ。最後のあの言葉だけ。それを、僕はちゃんと知っているから……」

身を屈《かが》める。コツンと冷たい額に、自分の額を合わせて。

目を閉じて、最大限の親愛を籠《こ》めた。

「戻ってきてよ、アディ。また君に、僕の側にいてほしいんだ」

ふわりと、瞼の向こうに穏やかな明かりが灯る。

ゆったりと目を開けると、ちらちらと妖精が舞うかのように光の粒子がアデルの身体を包み込んでいく。僕は触れていた手を引っ込めて、その光が揺蕩う様子をただ見守る。

僕とアデルの絆は切れていない。

空竜の番と守護者の絆は、そんなに簡単になくなるものではないから。

——だから、戻ってきて。

そう祈り続けて、どのくらい経ったのか。

アデルを包んでいた光は、一つまた一つと彼の身体に吸い込まれるように消えていった。それでもアデルは動かない

「っ……」

僕が手を伸ばして彼の肩に触れようとした時、それをそっと遮るものがあった。

横にいるアスティアが身構える。

僕の腕を掴む黒い紋様が刻まれた指先。そのもとを辿ると、そこにはいつの間にかプラシノスが現れていた。

彼の秀麗な顔には指先同様の紋様が刻まれている。その変貌に驚いた僕が言葉に詰まっていると、代わりにアスティアがプラシノスに問いかけた。

「何をしに来た、プラシノス」

「ん～？　俺もちょっとは関わったしねぇ。だから、最後にお手伝い？」

アスティアへ向けてにっこりと笑う顔は嘘くさいけど、そのままアデルに向けた目はとても穏や

かで慈愛に満ちていた。

「ま～、あのチビが最後まで頑張ったねぇ。アデル、お前は本当によくやったよ」

僕の腕から指を離すと、グリグリとやや乱暴にアデルの頭を撫でた。そしてようやく僕に視線を向けた。

「剛者の石も砕かれて、石の主になっていたアデルは、身体だけじゃなくて魂そのものが深く傷ついてるんだよ、番ちゃん。だからすぐには目が醒めない」

「……なんで、それを知ってるの？」

「ん～？　何？」

「アデルが魔石の主になっていたこと。なぜプラシノスが知ってるの？」

「だって、ずっと見てたもん」

プラシノスは悪びれた様子もなく肩を竦める。

「え？」

「俺なりにアデルが抱えている問題の大きさは気になってたの～。アデルには恩もあるし、心配でねぇ。ずーっと見てた」

ふっと目元を緩めて柔らかく笑んだ。

「アデルはこのまましばらくは眠り続けるだろうね」

「それは、いつまで？」

「さぁ？　身体と魂の傷が癒えて、アデル自身が起きる気になるまで？」

ポンと頭に手を置くと、プラシノスはおもむろに立ち上がった。

「守護者《これ》は土竜《おれ》が預かるよ。大地は生命の源だからねぇ。少しは早く覚醒《めざ》めるんじゃない？」

「何を企んでる？」

「嫌だなぁ～。別に、このアザ見て激おこぷんぷんで実家に帰っちゃった、俺の可愛子ちゃんへの橋渡しなんて期待してないよぉ」

「……はぁ」

胡乱《うろん》げな眼差しのアスティアに、プラシノスは再び肩を竦めた。

「ホントに俺って信用ないなぁ。ま、いいや。これは俺からアデルへの恩返しってことで」

「ティアは、それでも大丈夫？」

まるっとプラシノスを無視して、アスティアは心配そうな顔で僕に尋ねてきた。

「うん。アデルがよくなるなら、僕はそれで……」

ちらりとプラシノスに視線を向ける。

「それに僕も彼に恩を売るつもりだから、きっと義理堅いプラシノスは裏切れないよね？」

「え？」

「は？」

にっこり笑うと、アスティアはぱちくりと瞬《しばた》き、プラシノスは怪訝な顔になった。

「アデルのことをよろしくね、プラシノス。そして余計なお世話かもしれないけど……」

プラシノスの腕にそっと触れる。びくっと揺れた腕を掴み、微笑んだ。

「早く番を迎えに行ったほうがいいよ。愛想を尽かされる前に、ね？」

ぽっと指先の黒い紋様に淡い光が灯る。そして、紋様に沿って光は上へ上へと向かい、額に到達するや「ぱん！」と弾けて消えた。

プラシノスの容貌《ようぼう》は、以前の綺麗なものへ戻ったのだ。

「え？」

プラシノスはポカンとした表情で僕を見る。

アスティアは、プラシノスを横目で見て、そしてため息をついた。

「全くティアは優しすぎる……」

「な、に？」

綺麗に消え去った紋様に気付いたのか、プラシノスが唖然とする。

「は？　いや、なんなの？　だってコレ、神罰……」

「アデルが僕に聖石をくれたんだよ。聖石は神の意思の具現化でしょ？」

衝撃的すぎたのか、真顔で沈黙するプラシノスに僕がもう一度微笑んでみせると、ようやく彼は
「信じられない」と首を横に振った。

「なんかねぇ……。アスティアの番ちゃんは、なんと言うか……。うん、半端ないねぇ？」

「当たり前だ。世界で一番尊い生き物なのだから」

キッパリと言い切ったアスティアは、すうっとその表情を消し去り、冷たく凍てついた顔になった。

「その尊い存在を害した者には、それ相応の罰が必要だと思うのだが？」

流した視線の先。

そこには、さっきまで茫然自失で座り込んでいたアスダイト王が、這いずって逃げようとしているところだった。

「ひっ‼」

「分かっているだろう？　アスダイトの王よ」

「私の番と、その守護者を振り回した責を負ってもらおうか？」

「よ……余だけの責ではないぞっ！　アレの発案は、その守護者の父親だ……っ‼」

アスダイト王の足掻くような叫びに、ぴくっとアスティアの眉が動く。

「それって、コイツ？」

ドサリと何かが投げ出され、ルゼンダの呑気な声が響いた。

思わず視線を向けようとしたら、アスティアがぱっと掌で僕の視界を遮った。一瞬だけ見えたモノ。それはあり得ない方向に手足がネジ曲がっている壮年の男の姿だった。

「が……、っが……ぐ。ぅあ……っ」

最早言葉にならない醜い呻き声のみが聞こえてくる。

「テ……テスタント侯爵……」

潰れたような悲鳴混じりの声。アスダイト王の恐怖が窺《うかが》えるその響きに、アスティアは容赦なく追い打ちをかけた。

「随分優しい待遇だな、ルゼンダ？」

「い～やぁ？　お前はコレより遊ばせてもらうよ～っていう見せしめ的な？」

「なるほど……」

言葉を切り、ふっと嗤《わら》う。

「長い最後の一日になりそうだな、アスダイト王」

アスティアの昏い宣告に、アスダイト王は目を見開き、言葉なく戦慄《わなな》くだけだった。


あのあと、微かに呼吸を再開させたアデルは、「じゃ預かっていくわ」とプラシノスが抱えてあの場から連れて行ってしまった。

最後に見た顔は、まだ血の気もなくて青ざめていたけど、息を吹き返してくれたからよしとしようと思う。

いつか彼の身体も魂もきちんと癒えた時には、絶対に僕が迎えに行こうと思ってる。

アスダイト王がどうなったのかよく分からない。

ルゼンダがどこかに連れて行くために引き摺っていたのが最後に見た姿。アスティアがルゼンダにアスダイト王の移送を頼んだみたいだった。

「戻ろうか、ティア」

甘く微笑み手を差し伸べてくれる。

「うん」

その手を掴むと、アスティアは嬉しそうに顔を綻ばせてぐいっと僕を引き寄せた。

「やっと。やっとだ……。ようやく番を捕まえることができた」

腰に腕を回して僕を囲い込むと、髪に頬擦りしてたくさんの口づけを目尻や頬や鼻先、耳元へと落としていく。熱い吐息混じりの囁きは僕の耳を擽《くすぐ》り、少しだけ甘い痺れを背筋に残した。

「あ……あの、アスティア？」

「何、ティア？」

ちゅっちゅっと、音を立てながら顔中に落とされる口づけに、さすがに恥ずかしくなって身を捩《よじ》るとアスティアが腰に回していた腕に力を籠《こ》めた。

「離れてはダメ。ちゃんと私が実感できるように、腕の中にいて？」

「うん、それはいいんだけど、あのね……？」

「うん……」

スリッと頬を擦り合わせ、さらにぎゅっと抱きしめてくる。

「離れるつもりはないんだけど、なんというか。僕、ちょっと血塗《まみ》れで匂いが……」

そっと現状を伝えてみる。

左胸の傷から大量に出血したものだから、血を吸ってモッタリと重たいシャツは正直鉄錆臭い。

その言葉で、今さらながらに僕の惨状に気付いたのか、アスティアはハッとなって急に慌てだした。

「そうだった！　浮かれてる場合じゃない。ごめんね、ティア。すぐに城に戻ろう！」

ひょいっと抱き上げると、耳慣れない言葉を紡ぐ。

転移魔法かな、と不思議に思いながら辺りを見渡すと、ヴィンと空気が鳴り、周りの景色が霞《かす》み出した。

前もこれで移動したなぁと思いつつ、霞《かす》む景色を眺める。

一つ瞬《しばたた》く間に景色は変わり、気が付けばアスティアが僕のために準備してくれた部屋となっていた。

淡いブルーと白を基調にした、あの部屋。

「風呂の準備をしている。行こうか」

スタスタと歩き始めたアスティアに、「いつの間に？」と疑問も湧くけどその前に。

「アスティア？　僕、自分で…………」

「こんなに血塗《まみ》れになるほど出血したティアを一人にすると思う？」

にっこり微笑まれてしまうと、謎の圧を感じて黙るしかない。

僕はそのまま部屋に備え付けられている浴室へと運ばれてしまった。

「ここに座って？」

ふかふかのカウチソファーに降ろされると、僕の前に膝をついたアスティアはプチプチと僕のシャツのボタンを外し始めた。

「アスティア、あの……」

「しー……」

伏し目がちのまま次のボタンに指をかけるのを、思わず手首を掴んで阻んだ。その瞬間、上目遣いにじっと視線を向けられて、僕は射竦められてしまった。

「ねぇ、ティア。私は貴方に触れたくて仕方ないのをギリギリまで我慢してるんだ。これ以上、焦らさないで」

「え？」

何を言ってるんだろう、と思った矢先、噛みつくようにアスティアの唇が僕の唇を塞いだ。

ぬるり、と舌が侵入してくる。

思わず逃げるように舌を引っ込めようとしたら、頭の後ろに掌を当てて逃げ道を塞ぎ、首の角度を変えて執拗に絡めてきた。

「んン……ぅ。は……ぁ」

胸を押して距離を取ろうとしたけど、もう片方の手で手を握り込まれて失敗してしまう。

後頭部に回された手が髪を梳《と》き、首筋を掠《かす》めるように触れる。口腔内も散々嬲《なぶ》り蹂躙《じゅうりん》されながらも、気持ちよくて堪らなくなった。

「は、ぁ……ふ……」

ちゅ……と名残惜しそうに唇が離れていく頃には、僕の全身からすっかり力が抜けてしまっていた。

はぁはぁ、と整わない息のまま、トロリと瞳が潤む。そんな僕をアスティアはうっとりと悦楽の表情で見つめていた。

そっと手が口元に触れる。

長くて綺麗な指が、二人分の唾液で汚れた口元を優しく拭う。

そして、いつの間にか全てのボタンが外されていたシャツは、ベシャリと少し重い音を鳴らして床に落とされた。

もう抵抗もできずに、そのシャツをぼんやり眺める。

その隙にスラックスのベルトを緩めて下着と共に一気に剥ぎ取ると、アスティアは嬉しそうな笑顔になってもう一度僕を抱え上げた。

広い浴槽に僕を浸からせると自分の服も手早く脱ぎ、背後から抱きしめるように入る。僕の腹の脇から回した腕を組み、首筋に顔を埋《うず》めて唇を這わせてきた。

その甘美な刺激を享受しながら、僕はうっとりと目を閉じて甘えるようにアスティアの胸に凭《もた》れ掛かった。

「眠たいの、ティア？」

「ん……」

緩やかに与えられる快感は、湯の温もりと共に僕の身体から力を奪っていく。僕だって成人した男だし、ここまできて寝落ちなんて……と思うし、腰にアスティアの熱い昂《たかぶ》りを感じるとこの後のことは容易に想像つくけど。

「いいよ、寝て。あれだけ大変だったんだ。疲れただろう」

「でも……」

「大丈夫。次は絶対に待たないし、ドロドロに甘やかして、ぐずぐずに蕩《とろ》かして、私を刻み込んであげる。たとえ嫌だって言っても、絶対止めてなんてあげない。だから、ね？」

ちゅっと、一際強く首筋を吸い上げる。

「今は、何も気にせずに休んで、体力を回復させようね？」

愛《うつく》しむような囁きに、僕はゆったりと眠りの縁に意識を沈めていった。

第七章

柔らかな陽射しを瞼に受けて、ゆっくりと目を醒ます。

「……ん」

コシコシと目を擦って起き上がってみると、すでに陽はすっかり高い位置まで昇ってて、とても朝とは言えない時間になっていた。

大きな窓には、とても薄くて柔らかな素材のカーテンが吊るされていて、それが陽射しを和らげているようだった。

さぁ……っと穏やかな風が入り込み、そのカーテンを揺らす。

それを寝起きのぼんやりした頭で眺めていた僕は、突然、昨日の寝落ち直前のことを思い出し、熱くなった顔を思わず両手で覆う。

たしかに、いろいろありすぎて疲労困憊だったよ。

でもあの状況で寝ちゃう!?　なんで寝ちゃったの、僕!!

何気なく入る視界には、清潔な寝衣。つまりは寝落ちした僕を着替えさせて、ベッドに運んでくれたということで……

男の端くれに名を連《つら》ねている身として、あの状態でお預け喰らった相手を思うと、本当にいたたまれなくなってしまう。

「うーっ!!」

言葉なく身悶えていたけど、いつまでもそうしているわけにもいかず、頭を振って恥ずかしさを吹き飛ばした。

「つ……次は絶対に我慢なんかさせないから！」

ぐっと夜具を握りしめて僕は決意した。

★☆

「え、なんだって？」

決意したものの、あれからアスティアには会えず、数日が経っていた。

その間、僕はルゼンダの授業を自室で再開してもらってたけど、あまりにアスティアに会えなくて寂しくて悲しくて、つい彼に愚痴を漏らしてしまった。

「っ、だから！　アスティアに会えてなくて、え……と。寂しい……とか、思わなくもなくて……。あの……」

言いながら、次第に俯《うつむ》いてしまう。

もう僕は半端者じゃないと分かってはいるけど、どうしても長年の癖で自己肯定感は低いまま。

折角番になったんだし、もっと会いたいし、もっと話をしたいし、もっと触れたい。

でも、そんな我が儘を僕が言ってもいいのか、やっぱり不安だ。

それに、アスティアは竜の中でも最強の空竜様だから忙しいのかも……と思うと、もう何も言い出せずにいた。

でも、こんなに会えないなんて。

寂しくて苦しくて我慢の限界を迎えていた僕に、ルゼンダは呆れた視線を向けてきた。

「あ……。だよね。僕なんかがアスティアに会いたがってるとか……」

恥ずかしくなってさらに俯《うつむ》く僕に、ルゼンダはため息をつきながら僕の髪をクシャクシャにかき混ぜてきた。

「ちげーよ。そこで落ち込んでんじゃねぇ」

ちょいっと、伸びすぎた前髪を払って顔を覗き込む。

「俺はな、まぁだ手ぇ出してないアスティアに何やってんの？　って思ったの！」

「でも」

「でもじゃねぇ。番に寂しい想いさせるほうが悪い。……が、まぁ今回は仕方ねぇのかなぁ……」

ふと呟く。

「今回、アスダイト国を完全に潰したし、あの国の友好国ガスティンクにも制裁を下してたから、アスティアは忙しかったんだよ」

「アスダイト、潰したの？」

「いや、潰すだろ？　君をあそこまで翻弄《ほんろう》したんだぞ。当然の結果さ」

肩を竦めたルゼンダは、片眉を上げつつ僕に視線を向けた。

「今回の、空竜の番への謀略が明るみに出て、各国へもいろんな影響が出た。そりゃ想定内だし、それと共にアスティアが忙しくなるのもまぁ予想の範疇内だ。それでも隙間時間はあるはずだし、ラブラブできるはずなのに、何やってんだか……」

最後は独り言のように呟くルゼンダに、さらに言葉を重ねようとした時。

「それは授業の範疇ではないと思うが？」

久々に聞くアスティアの声に、ぱっと顔を上げて振り返る。

そこには、白い扉に物憂げな表情で凭《もた》れ掛かるアスティアの姿があった。

「アスティア！」

僕が嬉しくなって立ち上がると、ルゼンダはそっぽを向いて「ケッ」と吐き捨てていた。

「どーせ、お前のことだ。番との蜜月前に面倒事を片付けたかっただけだろ？」

「何か文句でも？」

「い〜え。どうぞ、ゆっくり二人の時間を楽しんでくださいませ〜」

ぱぱぱっと机の教材を掻き集めると、ルゼンダはワザとらしいくらい恭《うやうや》しく一礼する。そしてさっさとその場をあとにして出ていった。

その素晴らしい逃げっぷりを唖然として見送っていると、アスティアが僕の頬を掌で包み、優しい強引さで自分のほうに顔を向けさせた。

「寂しかった？」

ゆるりと緩んだ目元は、色気があふれている。

「私に会えなくて、悲しかったの？」

一体いつからこの場所でのやり取りを聞いていたんだろう？

それとも僕は顔に出やすいんだろうか？

僕が首を捻っている間に、アスティアはさっさと僕を抱えてベッドへと誘った。

「私に全てを教えて？　ティア……」

うっとりした表情で、唇に軽く口づけを落とす。その色情が滲《にじ》む顔に、僕は自分の欲望のスイッチが入るのを感じた。

目の前の僕の番が欲しくて堪らない。だから素直に、言葉に出すことにした。

「アスティアが僕の側にいなかったから、すごく寂しかった。一人で広いベッドに寝るのは……嫌だな、僕」

ふわりと微笑み伸ばした両手でアスティアの顔を包むと、少しだけ強引に彼の唇をチロリと舌先で舐めた。

するとアスティアは僕を強く抱きしめて、首筋に顔を埋《うず》めて嬉しそうに囁いた。

「私は貴方を堪能し始めたら、絶対に止まれない。だから先に厄介事を片付けていたんだけど……」

ちゅっと強く首筋を吸い上げる。

「こうも可愛く強請られると、止まれないどころか抱き潰すのは確定だね……」

囁きはどこまでも甘く愛しさを含んでいるのに、上目遣いに見上げてきた視線には捕食者の獰猛な光が宿っている。

その光を見つめながら、僕は全身に湧き上がる歓喜と、そして腹の奥が甘く疼くようなもどかしさ、そして二人で過ごす甘美な時間への期待を抑えることができなくなっていた。

ゆるりと肩を押されて、ドサッとベッドへ倒れ込む。ふわふわなベッドは僕の身体を優しく受け止めてくれたけど、倒れ込んだ瞬間キュッと目をつぶってしまった。

きしっと頭の横部分のマットが軋《きし》み、促されるように目を開けて見上げると、僕の頭部を挟み込むようにして両腕を付くアスティアがいた。

夕焼け色の瞳は、間違いなく欲を孕《はら》み熱く潤んでいる。

その熱が自分に向けられているのかと思うと、多少の恥ずかしさを塗り替える勢いで、僕の中に狂しく彼を求める気持ちが湧き上がってきた。

僕の番。僕の……。僕だけの、モノ……

我慢できなくなって、アスティアの襟元を掴むと強く引き寄せる。

僕の行動に、ふ、と笑みの形を唇に作ったアスティアは、抵抗なんてするつもりはないとばかりに、引き寄せられるまま顔を近づけてきた。

性急に唇を重ねると、笑みの形のまま開いていた唇に舌を挿し込む。

重なり合う舌に、ゾクゾクとした快楽が身体を走る。

もっと。もっと、感じたい……

まだまだ陽は高く真っ昼間ではあるけど、空に浮かぶ空竜城には雑多な音は聞こえず静まり返っている。そんな静謐な空間の中で、交わす唇から洩《も》れる音はひどく淫らで、僕の身体を堪らなく熱くした。

くちゅん、と絡めていた舌を解放して、唇をわずかに離す。

離れた距離の分、二人分の唾液が透明な線を描き、太陽の光を受けて淫靡な存在を主張する。

はふっ……と、一息入れていると、ペロリとあふれ出た唾液を赤い舌で舐めとったアスティアが陶然と微笑んだ。

「ふふ……、可愛らしい戯れだね。ティア、大人の本気、感じてみたい？」

淫靡な微笑みに、腰の辺りが甘く痺れる。

「ん。大人の本気なんて知らない。アスティアの本気がイイ……な」

甘えるように目を細めると、彼の喉がゴクリと鳴った。

「私の番は、なんて可愛らしい……」

うっとりと呟くと、アスティアは僕の頤《おとがい》を持ち上げて、優しい命令を下した。

「ティア。口、大きく開けて……」

「ぁ……、ん、ぅ」

命じられるまま素直に口を開けると、褒めるように首筋を数回撫でて唇を重ねてきた。

前にも一度だけアスティアの口づけを受けたことがある。あの時も気持ちよかったけど、今日のはドロドロに甘やかそうとする、アスティアの意図が透けて見えるくらいに、ひたすら甘い。

下唇を軽く食《は》み、ぴくりと跳ねてしまう身体を宥めるようにヌルリと舌で舐めてくる。そして改めて深く唇を重ねると、もう遠慮もなく口腔内を思うままに蹂躙《じゅうりん》してきた。

歯列をなぞり口蓋を擽《くすぐ》る。ゾワゾワと這い上がる快感に、少し怖くなって逃げを打つと、もっともっとと舌を絡ませ、容赦なく享楽の沼に僕を引き摺り込んでいく。

「ふ……ん、ぁ。……っんん……」

飲み込みきれない唾液があふれても、あまりの気持ちよさに涙が浮かんで流れても、アスティアの口づけは止まらない。

ぎゅっと彼のシャツの胸元を握り締めて苦しいまでの快楽に耐えていると、僕の頤《おとがい》に当てていた指を外して僕の手を握り込んだ。

ゆるりと明確な意志を持って、その指が僕の手を這う。柔らかなタッチで指先を撫で、つっ……と指の間に滑らせる。

戯れるような、擽《くすぐ》るような、ゆるゆるとしたその刺激に、僕はモゾリと脚を擦り合わせて身じろいだ。

ふ、とアスティアが喉の奥で笑ったような気がする。

重ねた唇の角度を変えて、容赦なく貪り尽くすような口腔の蹂躙《じゅうりん》が続く。あえて聞かせるように、くちくちと淫らな音が響いた。

ふるりと、身体が戦慄《わなな》く。

「ん、んん……っ！　ぁ。っっ！」

だ…ダメ。クる、ゃ……、クる……っ!!

ゾワリ、と一際大きな快楽の波が襲ってきた。

「っっ！　んん……ぅ」

ガクンと大きく跳ねる身体を、アスティアは唇を重ねたまま、もう片方の腕を腰に回して強く抱きしめた。

「ふふ……、上手……」

はふはふと喘ぐように息を吐き出していると、アスティアは嬉しそうに呟く。僕は一人だけイかされたことが悔しくて、満足そうなアスティアを潤んだ瞳のまま軽く睨んだ。

「僕だけ、なんて……」

「番の可愛らしい姿をゆっくり堪能したくてね。怒った？」

クスクス笑いながら、頬を指の背で撫で擦る。

「アスティアにも気持ちよくなってほしいのに……」

「十分気持ちよかったよ」

目尻を細めるその顔を、「本当に？」と疑わしげに見上げると、彼は腰に回していた腕に力を籠《こ》めて抱え上げ自分の腰へと密着させた。

ソレに気付いて、ぴくりと肩を揺らす。

「ぁ……」

「気持ちよくなかったら、こうはならないよ？」

かぁぁぁっと顔が朱に染まる。

「今日は途中で止める気はないから」

普段の甘やかさは鳴りを潜め、一匹のオスと化した獣人の欲に塗《まみ》れる熟れた瞳があるばかり。与えられるだろう快楽に、ゾクゾクと期待と歓喜が湧き上がる。

「ティア、私をもっと気持ちよくして……ね？」

その獣の瞳に射竦められ、僕は大きく喉を鳴らした。

アスティアはウットリと瞳を細めて、散々嬲《なぶ》られてぽってりと腫れぼったくなった唇に啄むような口づけを落とす。

フツリ……、と微かな音と共に、首周りの緊張が緩む。火照《ほて》る身体には少し冷たく感じる部屋の温度を首筋に感じて、彼がシャツのボタンを外したことに気付いた。

スルリとシャツの隙間から、アスティアの大きな手が滑り込む。淡い色調の胸の飾りを掠《かす》めるように指先で触れると、そのまま脇へと指を流していく。

ほんの微かな刺激にもどかしさを感じながらも、そのままその淡々《あわあわ》しい刺激に全感覚を集中させてしまう。

肌の感触を堪能するように指を這わせていたアスティアは、やがて背中に手を回してシャツを滑り落とした。

あの二次的羽化を果たしたあとから僕の背中には翼がある。

触ればたしかに感覚も感触もあるそれは、どうやら魔力の塊が形を作っているらしくて、不思議だけど普通のシャツを着ることができている。

着るのも簡単だけど、脱がせるのも簡単なんだな……と、気持ちよさにぼんやりする頭で考えていると……

「考えごと？」

唇を首筋から鎖骨へと移動させていたアスティアが、視線を上げて僕を見上げた。少し不満そうな顔に、僕は心を羽毛で撫でられるような擽《くすぐ》ったさを感じて、両掌でアスティアの顔を包んだ。

「シャツ脱ぐのに、翼が邪魔にならなくて、よかったなって……」

少し上体を起こしたアスティアに、僕から軽く唇を寄せた。

「アスティアの手、気持ちよくて……。もっと触ってほしくて……。シャツ、邪魔だなって……。ぁ、ン……」

話しているのを遮るように、アスティアはかぷりと唇を食《は》む。甘噛みみたいな緩い刺激を与えると、あっさりと離れていく。

「本当に、貴方は……」

その困ったような顔に、僕は首を傾《かし》げる。

「アスティア？」

「貴方の可愛らしいお強請りは、かなり腰にクる……」

グイグイと押し付けられた彼の熱く硬い昂《たかぶ》りが、さっきよりもさらに硬く大きくなって………

「食べたくて堪らなくなる」

クスリと淫靡な笑みを落とすと、僕の瞳を見つめたままズボンの縁から手を潜り込ませ、再び兆していた僕の昂《たかぶ》りに指を這わせた。

「本当は、もっとゆっくり時間をかけて貴方を堪能したかったのに、これじゃ我慢なんかできるわけない」

「つあ……、ア……スティア、や、待って……」

「今さら待つと思う……？」

意地悪く艶《つや》っぽい声で囁くと、器用に片手でズボンを剥ぎ取ってしまった。そしてゆったり身体を沈めていき……

「っっ!!」

その刺激に、僕は大きく顔を仰かせた。

アスティアの綺麗な唇が、僕の昂《たかぶ》りを咥え込んでいる。絡みつく舌の感覚が生々しくてとても恥ずかしいけど、気持ち良くて堪まらない。

「や……、アスティアぁ……、ぅん、ぁぁ……」

悦楽の表情で、じっと乱れる僕を見ている。

ぃや……、見られて……

「っ……ふっ！　ぁあぁ……っ、離し、て……っ！」

ふるふると首を振って限界を伝えるのに、アスティアは離れてくれない。僕は震える手で、クシャリと彼の髪を掴んでしまった。

「つぁ……あ……っ……ぁ」

一際強く吸い上げられる。僕は頭が真っ白になって、呆気なく彼の口に欲を吐き出してしまっていた。

クッタリと力が抜けてしまい、あまりの快楽に浮かんだ涙もそのままに、はぁはぁと忙《せわ》しい呼吸を繰り返す。

「まだ、だよ。ティア」

ペロリと濡れた唇を舐め取ったアスティアが洩《も》らす優しい囁きが、耳を掠《かす》める。

耳の後ろから首を唇で愛撫しながら、抱きつくように僕の背後に手を回して、翼の付け根をゆるゆると撫で擦る。もう片方の手は後孔へと伸ばし遠慮もなく指を潜り込ませてきた。

「ん……ぅ」

力が抜けきった身体では抵抗することも出来なくて、柔々とナカを刺激する指を易々と受け入れる。異物感はあるけど、時々掠《かす》めるように甘美な快楽を生むポイントを刺激されると、素直な身体はひくりと反応を示していた。

「はぁ……ん、ん、ぁ……ん……」

「っはぁ……、私の手で乱れるティア、堪らなく可愛い……」

くちくちと、妖しい音が響いて止まらない。

「ほら、後ろのココ……、私のが欲しいって蠢《うごめ》いてるの、分かる？」

「や……、言わない……で……ぇ…」

「ティア、私を受け入れて」

そっと丁寧に僕をひっくり返すと、腰に腕を回して高く持ち上げる。

「あ、や……っ……！　は、ずか……しい……」

「い れ る よ……」

やけにゆっくりとアスティアの声が響き、熱い昂《たかぶ》りが後孔に充てがわれる。「ぅ、ん……」と息を詰めて身体を強張《こわば》らせる間もなく、ズン！　という重い衝撃と、甘い痺れが全身を走った。

「ぁぁぁあああ……っ」

脳天を突く甘美な刺激に、思わず嬌声か洩《も》れる。

「ああ……、ティアのナカ、すごく気持ちがイイ……」

掠《かす》れたアスティアの声が、僕の耳を侵食し、犯していく。

僕を気遣いながら、ゆるゆると緩やかに腰を動かし始める。その度に中のイイ所が擦れて、はしたない声を抑えることができない。

「あ……ぅ、ん……や、ぁあ。アス、ティア……っ！　アスティアぁ……」

ズンズンと奥を抉るように刺激されて快楽を高められ、そしてギリギリまで引き抜かれて腹の奥が切なくなる。

ぱんっ、とアスティアの腰が容赦なくぶつかってくる音の卑猥さに、与え続けられる激しい快感に、涙があふれて止まらない。

「は、ぁ。ティア……っ。私の、ティア……っ！　もう離さない、絶対に離すものか……っ！　貴方は死ぬその時まで私のモノ、だ……っ!!」

強く腰を掴まれて、繰り返し激しく腰をぶつけながら抽挿を繰り返す。一際強く、最奥を狙うかのように昂《たかぶ》りを捩《ね》じ込まれ、僕はふるりと背筋を戦慄《わなな》かせた。

キュッとアスティアの昂《たかぶ》りを甘く締め付ければ、彼は溜め込んでいた白濁を勢いよく吐き出してきた。

ナカに感じる熱い迸《ほとばし》りに、僕はアスティアの執着と強い独占欲を感じて、声もなく達してしまっていた。


ふわふわとした心地よさに浸りながら、うっとりと目を醒ます。

目の前には、絶世の美貌を持つアスティアが瞳を閉じて横になっていた。

夢心地のままその顔に手を伸ばそうとして、慌てて指を握り込む。

触ったら、起こしてしまうし……

愛しいものに触れられないのは、少しだけ残念だけど。僕はアスティアを起こさないように注意しながら、囲うように抱きしめる腕から抜け出して身を起こした。

窓に目を向けると、高い位置にあった陽はすでに傾き、鮮やかな夕焼けの色に空を染めている。

その美しい空の色は、そのままアスティアの瞳の色で、僕は知らず手を窓に向けて伸ばしていた。

すると、ぱしっとその手を背後から掴まれる。

「あれ」っとゆっくりと頭を巡らせると、アスティアが小首を傾《かし》げて僕を見ていた。

いつの間に起き上がったのか全く気が付かなくて、僕がキョトンと見返すと、彼ははぁ〜……っと大きなため息を洩《も》らした。

「今にもどこかに行きそうに見えた」

「アスティアがここにいるのに、一体どこへ……」

ぐいっと引き寄せられて、思わず言葉が途切れる。背後から僕のお腹に腕を回して、首筋に顔を埋《うず》めた。

「分からない。でも急に空へ飛び立ちそうで不安になる」

長く番を得ることができなかった空竜は、やっと手にした番《もの》を再びなくしてしまうのが怖いのかもしれない。

「僕は、アスティアの番だ。ずっと側にいて、ずっとアスティアだけを見てるよ」

とん、とアスティアの胸に背中を預ける。

スリスリと頭を擦り寄せてみれば、わずかに彼の肩が揺れた。

ヌルリと首筋を舌が這う。突然の刺激に、さっきまでの淫靡な雰囲気を思い出して、ゾクリと背筋に甘い刺激が走った。

「あ、の、アスティア……?」

「ん、少しそのままで」

右の腕はお腹に回したまま、左手で緩く肩を押して背中を……いや、翼を露《あら》わにすると、首筋に押し当てていた唇を背筋に沿って下へと降ろしてきた。

そのまま彼は、肩甲骨付近の翼と肌の境目に舌を這わせる。

その生温かな緩い刺激に、思わず「ぁ、ん……」と甘い声が洩《も》れ出てしまった。

自分の腕を胸に抱き込むようにして、身を縮こませる。そうすることで、より露《あら》わになる背中に
アスティアは舌を這わせ、時に吸い上げ、執拗な攻めを繰り返した。

「ア……アスティア……？　っ、ん……」

「貴方は知らないだろうけどね、ティア。ここ……」

ベロリと翼の生え際を大きく舐めてくる。舐めた痕を指が辿り、僕に翼の形を知らしめてくる。

淡々《あわあわ》しい刺激なのに、なぜか無視できない感覚が湧き上がり、僕はビクリと身体を揺らした。

「空の一族特有の性感帯だから。誰にも触らせたらダメだからね？」

言いながら、その指も舌も動きを止めるつもりはないらしく、絶え間なく甘美な感覚を与えてくる。

「アス、ティア……っ！それ……、ん……っ。何か……、へ、ン」

ビクビクと身体を戦慄《わなな》かせながらも、微かな恐怖が湧き上がる。

「性感帯だけど、同じようにここは空の一族にとって弱点でもあるから。翼をなくしてしまったら、空を飛べない。そうなると空の一族と呼べなくなる。ティアも気を付けて」

ぢゅっ！　と一際強く背中を吸い上げられる。

「彼らは自由な大空を好む。竜を除けば最強を誇る空の一族はそれでもいいけど。ティアは戦う術《すべ》を身に付けていないから、一人で空に行ってはダメだからね」

甘い拷問がようやく終わり、アスティアが僕を腕の中に閉じ込める。

すりすりと頭に頬を擦り付けてくる彼に、僕は甘やかな雰囲気であることも忘れて、すごく今さらなことを聞いてしまった。

「僕、空を飛べるの？」


「で？　練習することになったんだ？」

僕は今、プラシノスとお茶をしたあの広いテラスに来ていた。

あの時、思わずアスティアに身体ごと振り返って、真剣に『空を飛べるのか？』と聞いたら、彼はすごく真面目な顔になってしまったのだ。さも、今さら何を、と言わんばかりに。

「ってか翼生えてて、なんで飛べねぇって思うわけ？」

話を聞いたルゼンダが、ケラケラと白皙《はくせき》の美貌に相応《ふさわ》しくない笑い声をあげる。

「だって、僕今まで半端者って思ってたし。それがまさかの空の一族とは思わなかったし、翼も生えるなんて思わなかったから」

「じゃ、その翼、なんだと思ったんだよ？」

「え……？　獣人としての証、とか…飾り？」

「飾り！　空の一族が聞いたら怒んぞ……。アイツら、誇りだけはめちゃくちゃ高いからな！」

爆笑するルゼンダは涙を拭きながら僕を見る。僕はすっかりむくれて、半目でルゼンダを睨んだ。

「だって僕、空の一族の人たち知らないし。そんなに笑わなくてもいいと思う……」

「そうだな」

コツリと足音と共にアスティアの声がした。笑い転げていたルゼンダは声を聞いてシュっと背筋を伸ばしていたけど、一足早くアスティアが襟首を掴んでポイッと放り投げていた。

投げた先はテラスの向こう。

ルゼンダの身体は柵も何もないそこを簡単に越えて、落ちていってしまった。

「ル、ルゼンダ……！」

びっくりする僕に、アスティアは肩を竦めた。

「アレもワイバーンだ。空くらい飛べる。それよりティア」

アスティアはキリリッと真面目な顔で僕の両肩に手を乗せた。

そんな顔で一体何を言われるのか、と身構えていたら……

「他の男と二人きりはダメだ。ティアは可愛いし美人だから、すぐ襲われてしまうよ？」

「え……、でもルゼンダだよ？」

「私は覚えているからね。ティアがルゼンダに『わりと好きだ』と言ったことをっ！　私ですら、まだ言ってもらってなかったのに……！」

何を真剣に言うのかと思ったら、まさかのヤキモチだった……

「さて、まずは手っ取り早く、空を感じてみようか」

投げ飛ばされちゃったルゼンダを「彼なら大丈夫かなぁ……」と思いつつ、多少は心配してチラチラとテラスの向こうに視線を向けていると、彼のことなど全く気にする様子もないアスティアが提案してきた。

「えっ？」っとアスティアを見上げると、彼はふわりと微笑んで僕を抱きしめて抱き上げた。

赤子でもあるまいし、とまさかの縦抱きに慌てていると、アスティアはガッチリと僕の肩と脚を抱え込む。

そしてそのままテラスの縁へと歩き、なんの躊躇《ためら》いもなく大空へ向けて飛び降りた。

「……っ!?」

予想もしなかった行動と、バタバタと服をはためかせる風の強さと、ふわりとした浮遊感の直後の落下に伴う内臓が迫り上がるような感覚に、言葉にならない悲鳴を上げる。

ぎゅっとアスティアの服を掴んではみたものの、なぜか目を瞑る気にならなくて、落ちていく先をじっと凝視してしまった。

白い雲海を突き抜け、眼下に青く輝く海が見える。何かに惹かれるように上を見上げると、雲の切れ目から、鮮やかな青空が姿を見せていた。

——あっちだ……

ふと、そう思う。

強く惹かれて止まないのは、深く美しい海の青ではなくて、透き通るように繊細な空の青。

——あっちに行きたい。

その気持ちに応えるように背中の翼の羽毛の一つ一つがモゾリとざわめき、無意識のうちに空を求めて大きく広がっていた。

その姿を見てアスティアは優しく微笑むと、自身の背中に竜の翼を広げて落下のスピードを落としていった。

「広がった翼も、すごく綺麗だ……」

すうっと落下が止まる。僕を抱えたままうっとりと翼に魅入っている。

「アスティア……。僕、あっちに行きたい……」

青空から目が離せない。導かれるように翼が自然に上がる。陶然と呟く僕に、アスティアは仕方ないとばかりに呟いた。

「そのまま羽ばたいてごらん」

その言葉に、一度瞼を閉じる。翼を得た時のように、身体の中の魔力が一気に翼へと流れていく。じわりと背中が熱くなって、強く翼の存在を意識する。

ぱちりと瞳を開き、大空を見て、そしてアスティアを見た。彼は愛おしみながらも、少し寂しそうに微笑んで、僕を見守っていてくれる。

アスティアの存在に後押しされるように、背中の翼も大空を求めて強く羽ばたき始めた。

ふわりと身体に風を感じて、アスティアの腕の中から浮き上がる。アスティアは僕が空中に浮かび上がるまで、手を繋いだままでいてくれた。でもそれも僕の羽ばたきで距離ができていき、名残惜しそうに指が離れていく。

そのままゆったりと羽ばたき、空の青を求めて身体を上へ上へと上昇させた。空は風が強くて身体から体温を奪っていくけど、それは全く気にならない。

それよりも、アスティアの手が離れて冷たくなってしまった指先が寂しくて、僕は彼を求めて下へと目を向けた。

アスティアは、さっきの場所に浮かんだまま僕を見上げている。

離れてしまってよく見えないアスティアの顔をじっと見て、もう一度下に広がる景色に目を向けた。

眼下に広がる広大な海と、その先に広がる陸地、遠くで噴煙を上げる山も微かに見える。

その雄大な自然の景色を眺めながら、僕は番の存在理由を理解した気がした。

水の勢いが増せば大陸を侵食し、地の力が増せば地底のマグマがあふれ出す。

そのままマグマがあふれ出ると、火が全てを焼き払い、地も水も影響を受けるだろう。

空は嵐を呼び、地上の全てを薙ぎ払い、生き物は存続できなくなる。

四大元素はバランスが必要で、そのどれかを司《つかさど》る竜が暴走すれば、呆気なく世界は崩壊するのだ。

番は変わらない愛情を注ぐことで彼らを鎮めて癒し、この世を存続させるために生きるモノなんだ、と。

じゃあ……、と思い立ち、僕はふっと笑った。

——僕が求めるべきものは大空なんかじゃなくて、アスティアの腕の中の温かさだ。

もう空を飛ぶことへの疑問も戸惑いもない。どうやればいいか、その感覚は理解できた。

いつでも空に飛び立てるのならば、それはアスティアと一緒の時がいい。

そう思った僕はくるりと方向転換して、一気に下降する。突然の僕の行動に、アスティアはすごく驚いた顔をしつつ両腕を大きく広げて受け止めてくれた。

「どうしたの、ティア？　上手く飛べていると思ったけど、何かあった？」

心配そうな表情で、僕の顔を覗き込む。僕はアスティアの腕を掴んで伸び上がると、掠《かす》めるように口づけた。

「ん。アスティアの側にいたいなって思ったから、戻ってきた」

にこっと笑みを向けると、心配顔だったアスティアは心の底から嬉しそうに顔を綻ばせた。瞳には今まで以上に甘い光が灯る。

「空の一族は本能で空を求めて、空を愛する。でも戻ってきてくれたんだね？」

「僕がどこかに飛び立ちそうで不安だと言ってたから。ねぇ、こうして僕が自分で選んで戻ってきても、やっぱり不安？」

「そうだね……」

さっと表情に影がさす。

それを隠すようにぎゅっと僕を抱きしめて、髪に顔を埋《うず》めてきた。ふるりと震える腕は、風の冷たさのせいだけじゃないと思う。

「貴方は今まで、残酷な運命に翻弄《ほんろう》されてきた。だから、これからはできる限り自由を、と思ってる」

「うん」

「でも自由になった貴方が、再び私のもとからいなくなるんじゃないかと思うと、とても不安だし恐ろしい」

「なぜそう思うの？　僕はアスティアの番だし、自分の意志で側にいたいと思っているのに」

「そう、だね。でも自分の意志で側にいるということは、自分の意志で離れることもできるという意味なんだ。貴方を信用していないわけじゃないけど、ただただ失いたくないと思ってしまう。誰より貴方の自由を願っているのに、貴方の自由が怖くて堪らない……」

　初めて聞くアスティアの心情。

アスダイト王の許し難《がた》い所業は、僕とアデルだけじゃなくて、アスティアの心にも深い傷を残している。その過去の傷の深さを思い、僕は彼を抱きしめた。

折角、共にあることができるようになったのだから、彼にも心の安寧を齎《もたら》してあげたい……。

そう強く思いながら、ひたすら彼を抱きしめ続けた。

★
☆

「んー……」

僕は空竜城の図書室で、ルゼンタに出された課題の本に目を通しつつ、アスティアのことを考えていた。

あれから、アスティアは毎晩僕を抱く。まるで僕の存在を確かめてるみたいだ。

それで少しは落ち着くのか、日中は表面上は穏やかで、絶えず甘い微笑みを見せてくれる。

でも、あの顔は違う。

初めて会ったあの南門の時に見た、飢えるほどに求めていたモノが手に入ったような、充足感に包まれた安堵の表情じゃない。

アスティア自身がそう言ってたみたいに、いつかなくしてしまうかもしれないものが、まだ自分の手の中にあることを確認しての安堵。

まだアスティアと出会ってそんなに日は経っていない。でも、いつからアスティアの不安は強くなったんだろう？

「こらティティ、寝てんじゃねーよ」

「ルゼンダ…」

いつの間にか背後に来ていたルゼンダが、軽く指先で頭を小突く。僕は押された頭を片手で撫でながらルゼンダを見つめた。

彼になら、相談してもいいかも。

そう思い付くと、いても立ってもいられなくなって、早速話を聞いてもらうことにした。

「不安……。不安、ねぇ……」

茶化すことなく最後まで話を聞いてくれたルゼンダは、んん～……と渋い顔になる。

「どうしたの？」

「ティティはさ、アスティアにどうなってほしいわけ？」

「え？　僕はどこにも行かないって。アスティアの側にいるって信じてもらいたい」

「それなぁ～……」

唸るルゼンダに、僕は不安を募らせる。

「無理、かな？」

「無理というより……。なぁ、考えてみろよ。本当は待つこともなく手に入るはずの番が、二十年近く見つからなかったんだぞ？　気が狂いそうになりながら、やっと見つけてみたら他所《よそ》の男に拉致《らち》られるわ、他所《よそ》の国に拉致《らち》られるわ……」

そう言われると、ちょっと立つ瀬がない気がするんだけど……

「ティティが悪いわけじゃないけど、挙句の果てには、死にかけたからな。アスティアとしては、君がいくら側にいるっつても、言葉は悪りぃけど信用できねぇんじゃねぇの？」

「なくした信用を取り戻すの、すごく大変だよね？」

「まぁな。まぁアスティアも子供じゃない。ティティは全く悪くないって分かってるんだと思うぜ？　だけど、気持ちが追いつかないんじゃねーの？」

クシャリと頭をひと撫でして、ルゼンダは休憩を取るべくお茶の準備をしてくれた。それをぼんやり見ながら考える。

僕はアスティアと出会って幸せで堪らないし、アスティアを幸せにしたいと思ってる。でもアスティアにはそれが伝わらない。

違う。伝わらないんじゃない。伝わってもなお、恐れてるんだ。

「側にいるよって言ったのに……」

「そんなに焦んな。時間が解決するかもしんねーし。もうちょっと様子見てみれば？」

ルゼンダはカチリとカップを目の前に置くと、向かいの席に腰を下ろして僕を宥める。カップを傾けてお茶を口にするルゼンダは、特に不安を感じていないみたいだ。

でも僕は知っている。そんな不安のもとが目の前にあったら、いつか正しい判断ができなくなるって。

だって、アスティアにとっての僕との関係はは、僕にとってのアデルの関係と、とてもよく似ているのだから……

大切だと、大好きだと言ってくれていたアデルを、僕は完全には信用できなかった。

彼はいつか普通の獣人を伴侶に選んで、僕から離れていくのだろうと密かに思っていた。でも僕は半端者だから、その時が来たら彼の幸せのために側から離れなきゃと思っていた。

アデルの立場からしたら、大好きと言っているのに「いつか離れていくのだろう」と身構えていた僕の態度は困惑しかなかったはずだ。

結局僕は、他人《レスカ》の言葉を真に受けて、アデルから離れてしまった。

同じことがアスティアに起きないとも限らない。

考え込んだ僕を、ルゼンダは黙って包み込むように優しく見守ってくれている。

僕には兄弟はいないけど、歳の離れたお兄さんってこんな感じかな、と嬉しくなった。

「あ」

折角淹《い》れてくれたお茶に口をつけようとカップを持ち上げて、僕は思わず声を出した。

「どうした？」

驚く様子もなくルゼンダが問いかけてくるけど、僕は今思い付いた考えに集中してしまって返事が疎《おろそ》かになる。

今のこの関係が、アデルと僕に当てはまるなら……

「ね、ルゼンダ。アスティアは明日忙しい？」

「ん～？　まだ片付いてねぇ事後処理はあるけど、急ぎじゃねぇし。何より愛しい番より優先するべきモンはねーよ」

ニヤリと笑う。きっと何かに勘付いたんだと思う。

僕はにっこり微笑んで、ルゼンダに一つお願いをしてみた。

「明日、テラスにアスティアを呼んでくれる？」

「テラス？　俺が無情にも投げ捨てられた、あのテラス？」

「そう、アスティアにあっさり空に投げられた、あのテラス」

そう切り返すと、彼はムゥっと膨れっ面になりながら、アスティアを連れてくると約束してくれた。


今日は雲一つなく、綺麗な青空が広がっていた。

遮るものがないから、眼下には太陽の光を受けて眩しいくらいにキラキラと輝く青い海が見える。

僕はテラスの縁ギリギリの所で下を覗き込みながら、不思議と気分が高揚してくるのを感じた。

「ティア？」

カチリと扉が開く軽やかな音がして、アスティアの甘い声が聞こえた。

僕がぱっと振り返ると、アスティアは穏やかな微笑みを浮かべて近づいてくる。すぐ近く、お互いの身体の熱を感じられるくらいまで来た所で、アスティアの腕をグッと掴んだ。

「どうしたの？」

「一緒に散歩に行こう」

強くアスティアの腕を引き、テラスの縁を勢いよく踏み切った。

「っ⁉」

予想もしなかっただろう僕の行動に、アスティアはすごく驚いた顔になる。

先日の仕返しができて、僕はニンマリと笑った。その顔に、アスティアはしてやられた感を滲《にじ》ませながら苦笑いを浮かべて僕を引き寄せた。

「やっぱり悪戯《いたずら》が好きだね、ティアは。さぁ、翼を動かせる？」

「……ねぇ、アスティア」

問いかけには答えず、そのまま落下を続けながら彼の腕を掴む手に力を籠《こ》めた。

「僕の、大事なお願いを聞いてくれる？」

「私の大事な番の願いなら、なんでも、何度でも」

僕の言葉に意表を突かれた顔になったアスティアは、すぐにクスクス笑いながら言葉を返してきた。だけど僕の真面目な表情を見て、笑いを引っ込めて怪訝な顔になる。

「ティア？」

「ねぇ、アスティア。僕がずっと側にいると伝えても、アスティアの不安はなくならないね？」

その瞬間、彼は痛みを堪えるような顔になった。

「私は……。ティア……」

「僕がアスティアのものだと言っても、信じてもらえないなら……」

拭いきれない不安に揺れる夕焼け色の瞳をじっと覗き込んだ。

「アスティア、貴方が僕のものになって。一生を懸けて大事に、幸せにするから。だから、アスティアを僕が囲っていい？」

僕の願いに、アスティアの顔が驚愕の色に染まる。

「ね、アスティア。僕のただ一つのお願い、叶えてくれる？」

「ティア、貴方は……」

口を開け閉めしてるけど、どうやら言葉にならないようで、彼は固まった表情のまま僕を見ていた。

「大事に囲ってあげる。何からでも守るし、愛情もたくさん注ぐ。でも僕に黙って離れていくのは許さない。いつでも、いつまでも、僕と一緒にいて」

ぐっとアスティアが奥歯を噛みしめる。わずかに眉間にしわを寄せ、僕から視線を逸らした。

「ティアがそんなに気を遣う必要は……」

予想していた否定の言葉にクスッと笑い、身体に感じる風圧に負けないように腕に力を入れて彼の胸に擦り寄った。

「僕は今まで何かを望むことが許される立場じゃなかった。でもアスティアがそれを許してくれた。なら僕は、僕の望みを貴方に言いたい」

腰に回されている腕がピクリと動く。

「……ねぇ、アスティアを僕にちょうだい」

バタバタと風に強くはためく服の音に負けないように、強く願いを口にする。アスティアからの返事はなくて、しばらく沈黙が続いた。

その間にもどんどん僕たちは落下して海面が近づく。でも恐怖は感じない。

アスティアが僕の願いを叶えてくれないなら、このまま落ちて黄泉の国へ渡っても……

「っっ……!!」

アスティアの喉が動く。音にならない唸り声を聞いた気がして、胸に寄せていた顔を上げる。すると彼はギュッと腕に力を籠《こ》めて、まるでしがみ付くように僕を強く抱きしめた。

「っ、ティア……。ティアっ。ティア……っ!!」

「うん、ここにいる」

「私のティア。私の唯一……。貴方って人は……」

「うん」

「〜〜〜〜……っっ」

ぎゅうぎゅうに抱きしめて髪に顔を埋《うず》めると、バサリと竜の翼を大きく広げた。

重力に反発して急激に落下が止まる。反発は大きな力となり、すぐ近くまで迫っていた海面を荒々しく波立たせた。

「愛してる、ティア。運命とか番とか、そんなのは関係なく。貴方自身を愛している。私をこんなに夢中にさせた責任、取ってくれるの？」

「もちろん！」

にっこりと笑う。

「僕を貪欲に求めてよ、アスティア。そうしたら僕ももっと大事に囲ってあげるよ？」

「私の愛しい人は、本当にワガママだね」

とろりと甘く滲《にじ》む瞳には、不安の色はもう見えない。嬉しくなって、僕はアスティアに軽く口づけた。

「仕方ないよ。だってこれが僕の愛しい番《ヒト》の囲い方なんだから」

「ああ……」

アスティアは陶然と目を細めると、嬉しそうに呟いた。

「『誰かのものになる』というのは、存外に嬉しいものだ……」

そうして甘やかな雰囲気を醸し出す。

「これほどまでに愛しい人に望んでもらえるとは……」

最後の言葉は重ねられた甘美な唇に消え去る。

アスティアの背中に手を回して、僕は歓喜に震える心を感じていた。

ああ、アスティア。やっと僕は貴方を手に入れたんだ……！

幕間　四

気が付くと、真っ白な空間に佇んでいた。

『ここは……』

辺りを見渡して、湧き上がる懐かしさに目を細める。守るべき空竜の番を捜して旅をしていた時に、ティティと会った不思議な空間。

ティティと出会ってからは訪れることもなかったのに？　と疑問が湧く。

ふと今までこの場所で見たことがないものが視界に入った。

美しく輝く泉。

若干警戒しながらも、その美しいコバルトブルーの輝きに惹かれて近づいてみた。

『ティティの瞳の色だ……』

魅入られたように覗き込むと、透明度の高い澄みきった泉と分かる。そこに映り込む自分の姿を見て、俺は固まってしまった。

なぜなら、おそらくアスダイトを出奔した頃の幼い姿となっていたから……

手を持ち上げてみると、指もたしかに幼児の大きさ。触れる頬も硬くシャープなものではなく、まろく軟らかな感触。

なぜだろう、と思っていると、ゆらりと水面が揺れて波紋が広がった。

その波紋の中心に色の濃いものが滲《にじ》み出す。じっと目を凝らすと、波紋の中心に現れたシミは少しずつ形を変えて、やがて人の姿となっていった。

『あ』

その見覚えのある顔に目を見開く。

今はもう、朧げにしか思い出すことのできない乳母の姿だった。

彼女は貴族の屋敷に備え付けられている、小ぢんまりとした祭壇に向かって両膝をつき、熱心に祈りを捧げていた。祭壇に飾れている豪華な燭台の近くに、キラリと輝く石が着いたペンダントが置かれている。

一頻《ひとしき》り祈りを捧げたあとゆったりと立ち上がり、彼女はそのペンダントを指先でひと撫でした。

——治癒魔法をずっと注いでいるというのに、まだいっぱいにならないのね。

ペンダントを掌に納めると、祭壇を見上げた。

——これほどの治癒の力を必要とするなんて……。命の灯火が消えることなく、関わる人たち全てが救えるといいのだけど……

不安げに呟く彼女の顔が、揺れる水面に滲《にじ》んでゆるゆると別の顔へと変化していく。

一人、二人と姿を変え、最後は端正な顔の壮年の男性へと変わった。身にまとう服は神官のもの。

もしかして、話に聞いていた乳母の曽祖父だろうか？

目を離さずにひたすら見つめていると、祈っていた彼は組んでいた手を解き、包むように掌に収まっていた丸い石を指で摘《つ》まんで掲げた。

――いずれ来たる日に、世界のバランスを崩しかねない悪意が彼らを襲うだろう。その悪意に翻《ほん》弄《ろう》される彼らが、絶望することなく、求めることを諦めず、前に進むためには膨大な治癒力が必要だ。我が愛子たちが希望を捨てずに歩めるように尽くしてほしい。

神官服の彼は目元を緩めて、その石を大事そうに懐に仕舞った。

――この矮小な身の力の全てをもって、御心に沿うように誠心誠意尽します。

彼の思念が聞こえてくる。優しく柔らかな声は、この不思議な空間に静かに響く。その響きが余韻を残して消えたあと、気が付くとあのペンダントの石が手の中に戻ってきていた。

『ティティに渡したはずなのに……』

掌を広げて眺めていると、その石に刻みこまれていたかのように映像が浮かびあがった。

治癒の石は、ティティを癒し、俺を救い、そしてプラシノスの身体に刻まれた神罰の痕跡を消し去っていく。

――『悪意に翻弄《ほんろう》される彼ら』の中に、俺とプラシノスも含まれていたのか……

その映像が消え去ったあと、ピシリと音を立てて石にヒビが入った。そして『パンッ!』と弾けるように粉々に砕け散ってしまったのだ。

『お前は役目を終えたんだな……』

キラキラと輝きながら、泉に降り注ぐように散っていく小さな破片に呟く。

何代にも亘って力を蓄えてきた石の役目はここで終わりを迎え、おそらく最後に石を託された自分の役目もここで終わりなのだろうと考えた。

ぐるりと、その白い空間を見渡す。

あの愛情に飢えていた子は見事に羽化を果たし、番を得て飛び立っていった。もうここに来ることはないだろう。

『寂しくないと言ったら嘘になるけど……』

さっきまで手の中にあった石の名残りを捜すように掌を見つめた。

必要に迫られて行った洗脳、『俺を望んで』という内容が効果を発揮している間、たしかにティティは俺のものだった。いつか手放さなければならないと分かっていても、可愛らしいティティに愛されていると感じられたことは本当に幸せだった。

『俺は、たしかに幸せだったんだよ』

でも、俺は守護者だ。

あんな方法しか選べなかったけど。ティティの心身に膨大な負担をかけながらも、辛うじてアスダイト王の手に渡ることを阻止して、空竜へと返すことができた。

あとは空竜に任せよう。

全ての終わりを飾るには、この始まりの空間はとても相応《ふさわ》しく感じる。

身体から力が抜け、意識せず笑いが洩《も》れた。

ゆるりと疲労感が身体に広がり、抗いがたい眠気がやってくる。

ティティの、あの美しい羽化を見ることもできたし、俺はこれで……

そのまま瞳を閉じようとしたその時、ティティの声が空間に響いた。

『君は僕を欺き続けていたって言ったけど、それがなんなのさ。欺こうが洗脳しようが、君が見せてくれた優しさはいつも本物だった』

――っ、ティティ……

『戻ってきてよ、アディ。また君に、僕の側にいてほしいんだ』

――ダメだよ、ティティ。お前を守るためとはいえ、俺のやったことは許されることじゃない。

何より空竜が許さないだろう。

ティティが俺を望む気持ちは分からなくもない。だって俺たちは、この十五年近くを互いの存在を頼りに生きてきた。それを急に手放すのは恐ろしく、だからこそ離れ難《がた》く感じるのだと思う。

『でも……』

それはもう終わりにしなければ……

『守護者よ、運命を放棄する気か？』

不意に、ゾクリと皮膚が粟立つほど艶やかな声が聞こえた。

『……誰だ⁉』

声のする方向を振り返ると、空色の髪を持つ恐ろしいまでの美貌の持ち主がそこに存在していた。

『守護者は、守るべき者のために生まれ、戦い、そして死す運命。自らの宿命を全うすべきではないのか？』

『空竜が、この俺にそれを言うのか？　俺がティティに何をしたのか知ってるだろう』

『知っている。それでもなおティアがお前を望むなら、私はその願いを叶えるだけだ』

『俺を望むのは、洗脳の影響とは考えないのか？』

嘲笑《あざわら》うように言うと、空竜は唇の端を吊り上げて感情の籠《こ》もらない笑みの形を作った。

『それがどうした？ティアが望んだんだ。それが全てだ』

『随分甘いな』

『番なのだから甘くもなるさ』

キッパリと言い切ると、夕焼け色の瞳で俺を射貫いた。

『それでお前はどうしたい？』

なんの含みもなく、まっすぐに俺に問う。

俺は、番だけを想い、番だけを大事にするその姿を眩しく感じて目を細めた。

『俺は。俺の希望は……――』

俺の言葉に、一瞬空竜は口を噤む。しかし、俺の想いが伝わったのか、ひどく満足そうに笑みをこぼし、了承の意を告げた。

最終章

「おはよう、ティア……」

アスティアの密やかな笑いと、少し掠《かす》れた声が聞える。気怠《けだる》く瞼を持ち上げてみれば、予想通りに愛しげに微笑む彼が、肘枕の状態で僕を覗き込んでいた。

ついっと手を伸ばして頬に掛かる髪を払うと、大切な宝物に触れるかのように、そのまま掌で頬を包んでくる。

「起きられそう？」

いろいろな含みを持たせるその言葉に、僕はなんだか気恥ずかしくなって視線を外した。

本っ当にもうっ！　色気ダダ漏れな視線で見ないでほしい……！

昨夜の濃厚な情事をつい思い出し、恥ずかしくて身悶える。「僕のモノになって」と願ってから、たしかにアスティアの瞳からは不安の色はなくなり、心も穏やかになったと思う。

それはいい。とってもいいことだと思う。

でも不安がなくなったアスティアは、夜になると遠慮も見事になくなって、存分に我が儘を言うようになった。

いや、変に遠慮されるよりは……いやでも、でも！

ブンブンと首を振る。なぜかアスティアは、僕に彼を求めるような、欲しがるような、愛を乞うような言葉を言わせることを好み始めたのだ。

『ね、ティア。貴方を抱いているのは、誰？』

『ティアの可愛らしい孔が、ヒクついてるね……。ココに、何が欲しいの？　誰に攻め立ててほしい？』

『私が貴方のものなんだと、ちゃんと言葉にして？　愛してる？　私に側にいてほしい？　私の、コレ……、欲しい？　欲しかったら、もっともっと貪欲に求めて』

耳元で囁きながら腰を押し付けられると……。その昂《たかぶ》りの存在を知らしめられると、僕にはもう抗う術《すべ》はないわけで……

止めようと思っても、回想は留まることなく湧き上がる。

どうしようもなくて、火が出るんじゃないかというくらい熱い顔を手で覆って身もだえていると、じっと僕を見ていたアスティアは「ふっ」と笑い、耳元に唇を寄せた。

「ティアって意外に、えっち、だよね」

「〜〜〜〜〜〜っっっっ！」

比類なき美貌の持ち主の、美しい唇から出た『えっち』という言葉。もう僕は頭が爆発するかと思った！

羞恥のあまり、アスティアの顔が見られなくなって両手で覆った顔をベッドシーツに押し付ける。

「エロいことが好きなティアも、愛してるよ……？」

その囁きは、なんの救いにもなりません……っ！

顔を隠したまま首を振ると、アスティアはくすっと笑って額に口づけた。

「意地悪がすぎたかな？」

手首を掴むと、やんわりと顔から外させる。

幸せそうな、嬉しそうな、愛おしそうな、そんな色の滲《にじ》む夕焼け色の瞳で見られて、羞恥心は少し治まり、代わりに擽《くすぐ》ったい気持ちが湧き上がった。

これは『愛おしさ』だ……

「愛しいティア。貴方のためだけに存在する空竜《わたし》に、朝の挨拶をしてくれる？」

「ん。アスティア、おはよう……」

首を少し傾けて、啄むような口づけを贈る。するとアスティアの大きな手が後頭部に回り、重なる唇の角度を変えてきた――その時。

「おめーら、いい加減いちゃつくのやめろっ!!　時間がねぇんだよっ!!」

ドンドン！　と激しい扉の音と共に、ルゼンダの怒鳴り声が聞こえてきた。

びっくりして、肩が一度大きく跳ねる。

「つか、今日が何の日か忘れてんじゃねーよっ！」

苛つくルゼンダに僕は慌てて起き上がろうとして、アスティアに肩を引かれてベッドに戻されてしまった。

「忘れてるわけじゃない。ただの意趣返しだ」

平気な顔でそう宣《のたま》うアスティアを、思わず凝視する。ルゼンダも呆れたのか、一瞬言葉をなくした。

「よけーにタチ悪りぃ！　早く起きやがれ！」

このまま叫び続けたら、ルゼンダの頭の血管切れそう……。頑丈なワイバーンの血管が切れるかどうかは知らないけどさ。

そんなことを思いながら、今度こそ本当に起き上がると身を清めるために浴室へと向かおうとしたけれど、それをアスティアが腕を引いて止めた。

「アスティア、どうしたの？」

「ティアはこれでよかった？」

「え？」

「私は貴方の望みを叶えると約束したのに……。結局アデルはここにはいない……」

久しぶりに聞く、不安を滲《にじ》ませるアスティアの声。

僕はそんな彼の不安を拭い取るように微笑んでみせた。

「……僕の唯一の願いはアスティアが欲しいということだけ。だからなんの問題もないよ」

彼に、今の僕が感じている幸せが伝わりますように。

「ティア……」

「大丈夫。アデルは強いから。彼は彼の選んだ道を行く。僕はそれを応援して、必要なら手を貸すだけ。僕がアデルに関わることは許してくれるんでしょう？」

「それはもちろん」

「なら、それでいい。気遣ってくれてありがとう、アスティア」

にっこり笑うと、彼は僕の真意を探るようにじっと見つめてきた。

「それにね……」

一歩戻ってアスティアに近づくと、そっと唇を重ねた。

もう二度とアスティアに不安を抱《いだ》かせるようなことはしないから。だから……

「アデルは『真の守護者』になったんだ。さ……、早く行こう！」

今度は僕がアスティアの腕を引く。

アスティアは瞑目し、そしてゆったりと目を開くと、曇りのない艶《つや》やかな笑みを浮かべた。

「そうだね、行くとしようか」


今日は祝いの日に相応《ふさわ》しく、穏やかな気候と鮮やかな青空が広がる素晴らしい日になった。

僕は式典の最前列にアスティアと並び、前を見つめる。

「神の名において、アデル・ド・ミレ・ウラノス国王陛下の御世の始まりを祝福するものとする」

荘厳な雰囲気のなか、王冠がアデルの頭上を飾る。彼に王冠を授けたのは獣神を祀《まつ》る神殿の者ではなく、人族が信仰する創造神を祀《まつ》る神殿の司祭だった。

アデルが王冠を受けた瞬間に、爆発的な歓喜の声が轟き始めた。神殿の前に集まった民衆が口々に歓喜の声をあげ、彼らの期待の高さが窺《うかが》えた。

アデルが彼らを見渡して軽く手を上げると、「ウラノス国王陛下、万歳」の声が聞こえ始める。

これからが始まり。

堂々と『神の歩む道』とされる赤いカーペットを歩み始めるアデル。

一瞬僕に目を留めると、あの変わらない甘い光を宿す瞳を見せて、そのまま前に進んでいった。

「まさかアイツが国を興《おこ》すとはなぁ……」

僕を護衛するルゼンダが呆れた声を出す。僕はクスクス笑いながら、斜め後ろに立つルゼンダを見上げた。

「空の一族が安心して暮らせる国を作ってくれるって」

「でも彼らだけの国じゃねぇんだろ？」

「うん。創造神を国教に掲げて、人族も獣人も分け隔てなく生きていけるようにするんだって」

「ふーん……。人族も受け入れるから獣神を祀《まつ》らねぇのか……」

「違う」

舌打ちしそうな雰囲気でアスティアが否定する。

「獣神は後天性獣人を認めない。そのせいでどれほどティアが苦しめられたと思う」

「あー……」

ルゼンダは「やっべ……」と、アスティアから視線を逸らした。

これに関した話題になると、アスティアの機嫌は下降しやすい。ちなみに僕が育った孤児院と、孤児院を経営していた神殿は真っ先に彼の手によって潰されていた。

「でも、それだけが理由じゃなくてね」

歩み去って行くアデルの背中を眺める。

「アデルの乳母がくれたっていう聖石。あれを授けてくれたのが、創造神だったみたいなんだ。僕もアデルも、あの石の力のおかげで無事だったからね」

見送る彼の姿が式典の場から消えると、僕はそっと目を閉じた。

ここはアスダイト国があった場所。空竜の怒りを買った地ということで、国民である獣人たちは我先に逃げ出していた。

アデルはそんな場所をあえて選んで国を興《おこ》すのだと、話してくれた。

厳しい治世になりそうだというのに、アデルの表情はひどく穏やかで、すでに進むべき道を知っているかのようだった。

『ほんの短い期間しかあの国にはいなかったけど、俺はあの国では一応貴族だったしな。それに……』

ふと言葉を切ると、昔そうして僕を慰めていたように優しく頭を撫でた。

『原点回帰って意味では、ぴったりな場所だろ？　最悪な始まりの場所で、最高に幸せになってやるんだ』

迷いのない黄金色の瞳でアデルは言い切った。

『俺はこの場所から、ティティ、お前とこれから続くお前の血に連《つら》なる者たちを守っていこうと思う』

そして頭を撫でていた手を滑らせて、一房髪を掬うとそっと唇を寄せた。

『お前だけの守護者になれなかった俺を許してほしい』

微かに苦悩を滲《にじ》ませた声に、僕はありったけの感謝と愛情を籠《こ》めて微笑んだ。

『アディは、いつでも、いつまでも、僕の大事な守護者だよ』

その言葉に、アデルは僕の大好きな優しい笑顔を見せてくれたのだった。

それからは文字通りアデルはあちこちを奔走し、プラシノスの番であるカナットの協力を得ながら建国にこぎ着けたのだ。

陰でアスティアが随分協力していたことを、僕はルゼンダに聞いて知っていた、というわけだ。

厳かな戴冠の儀は終わり、これから華やかな祝宴が始まる。

もう元の「テスタント」を名乗るつもりがないと言ったアデルに、僕は心を籠《こ》めて名前を贈った。

彼の新しい人生の始まりに相応《ふさわ》しいように……

――アデル・ド・ミレ・ウラノス――

ミレは【青い】、ウラノスは【天、空】を意味するもの。

空の一族の守護者となることを選んだアデルのために考えたんだ。

もちろんアスティアの承諾はもらったけど。アデルはその名前をとても喜んでくれた。

物語みたいに全てが「めでたしめでたし」で終わればいいけど、人生はそんなに甘くない。

僕もアスティアもアデルも、人生の始まりは辛くて悲しくて苦しいものだったけど、こんな結末も悪くないなと思う。

「ティア?」

黙り込んだ僕に、アスティアが声をかけてくる。

カッチリとした礼服に身を包むアスティアは、その相貌と相まって神々しいまでに美しい。その美しい番が、変わることのない愛しさを瞳に湛《たた》えて僕を見守っている。

僕はゆるりと首を振り、愛しい番に笑顔を向けた。

「さぁ、私たちも行こう」

差し出される手に、迷うことなく手を重ねる。

「ねぇ、アスティア。僕はアスティアが大好きだよ。一生大事にするね」

彼の夕焼け色の瞳が甘い色を湛《たた》える瞬間が大好きだ。僕を優しく抱きしめる腕も、直向《ひたむ》きに僕を求める雰囲気も、時々意地悪を言う声も、実は寂しがりな性格も。その全てを愛してる。

「熱烈な言葉だね。もちろん、私も貴方だけを愛してる」

ふふ……と笑うと、アスティアはゆったりと唇を重ねてきた。

僕はそれを、喜んで受け入れる。

アスティア。愛しい貴方と共に、これからも僕は歩いて行く。

ハッピーエンドのその先へ ―
ファンタジックなボーイズラブ小説レーベル

&arche NOVELS
アンダルシュノベルズ

賠償金代わり……むしろ嫁ぎ先!?

出来損ないの次男は冷酷公爵様に溺愛される

栄円ろく ／著

秋ら／イラスト

子爵家の次男坊であるジル・シャルマン。実は彼は前世の記憶を持つ転生者で、怠ける使用人の代わりに家の財務管理を行っている。ある日妹が勝手にダルトン公爵家との婚約を解消し、国の第一王子と婚約を結んでしまう。一方的な婚約解消に怒る公爵家から『違約金を払うか、算学ができる有能な者を差し出せ』と条件が出され、出来損ないと冷遇されていたジルは父親から「お前が公爵家に行け」と命じられる。こうしてジルは有能だが冷酷と噂される、ライア・ダルトン公爵に身一つで売られたのだが――!?

詳しくは公式サイトにてご確認ください。
https://andarche.alphapolis.co.jp

異世界BLサイト"アンダルシュ"

新刊、既刊情報、投稿漫画、ツイッターなど、BL情報が満載!

この作品に対する皆様のご意見・ご感想をお待ちしております。

おハガキ・お手紙は以下の宛先にお送りください。

【宛先】

〒150-6008 東京都渋谷区恵比寿 4-20-3 恵比寿ｶﾞｰﾃﾞﾝﾌﾟﾚｲｽﾀﾜｰ 8F
（株）アルファポリス　書籍感想係

メールフォームでのご意見・ご感想は右のＱＲコードから、
あるいは以下のワードで検索をかけてください。

アルファポリス　書籍の感想　検索

ご感想はこちらから

本書は、「アルファポリス」（https://www.alphapolis.co.jp/）に掲載されていたものを、
改題・改稿のうえ、書籍化したものです。

愛《いと》しい番《つがい》の囲《かこ》い方《かた》。
～半端者《はんぱもの》の僕《ぼく》は最強《さいきょう》の竜《りゅう》に愛《あい》されているようです～

飛鷹（ひだか）

2023年 9月 20日初版発行

編集－山田伊亮
編集長－倉持真理
発行者－梶本雄介
発行所－株式会社アルファポリス
〒150-6008 東京都渋谷区恵比寿4-20-3 恵比寿ｶﾞｰﾃﾞﾝﾌﾟﾚｲｽﾀﾜｰ8F
TEL 03-6277-1601（営業） 03-6277-1602（編集）
URL https://www.alphapolis.co.jp/
発売元－株式会社星雲社（共同出版社・流通責任出版社）
〒112-0005 東京都文京区水道1-3-30
TEL 03-3868-3275
装丁・本文イラスト－サマミヤアカザ
装丁デザイン－円と球
印刷－中央精版印刷株式会社

価格はカバーに表示されてあります。

落丁乱丁の場合はアルファポリスまでご連絡ください。

送料は小社負担でお取り替えします。


ISBN978-4-434-32617-2 C0093